小説版　サブイボマスク

一雫ライオン

集英社文庫

目次

本文デザイン／高橋健二（テラエンジン）

小説版

サブイボマスク

プロローグ
「道半駅——明日へと行く電車——」

甚平春雄《じんべいはるお》は、ワンワン泣きだしたい気持ちを必死で我慢した。

ここは、〈道半駅《みちなかばえき》〉。駅といっても駅員もおらず、駅といっても辺り一面田んぼで、駅といっても上りも下りも電車は三時間に一本ずつしか通らず、駅といっても走る電車は、製造五十年はたつ二両編成のおんぼろ電車で、駅といっても……とにかく田舎の、そこからさらに人里離れた田舎にある、木造の駅舎の無人駅だ。

そのホームで、御年三十歳になった甚平春雄は、必死に溢《あふ》れだしそうになる涙をこらえていた。

「春雄ちゃん、短い間だったけど、ありがとね」

春雄にむかって、この町を出てゆくのになんの未練もなさそうな若い女性が笑顔で挨拶する。

「おぅ！　忘れ物はねーか！」

春雄はこういうとき、馬鹿みたいにおおきな声で、満面の笑顔で、相手に話しかける。

「ないない。全部宅配便で送っちゃったから」

「そうか！」

春雄は、背がちいさい。最近は測っていないが、たぶん百六十五センチのままだろう。髪の毛は純朴そうなスポーツ刈り。すこしくせ毛だ。笑うことが多いせいか、目尻には笑《わら》い皺《じわ》がある。くりくりとしたおおきな目も、三十年間笑いすぎたせいか、すこし垂れている。童顔で、近所の婆《ばあ》さんには「子供がそのままおおきくなった」と茶化されている。そんな春雄は小柄な躰《からだ》を精いっぱいおおきく見せるように両手を腰にやり、まるで昭和のヒーロー力道山のように彼女を見送っていた。いつも通り、まっ白いTシャツに青いジーパン、そしてやはりまっ白な、アディダスのスニーカー姿だ。

春雄に見送られる彼女はミキちゃんといって、三か月前この道半町《みちなかばまち》へやってきた。ショートヘアーが似合うなかなかの美人だ。道半町は、人口千人ほどのちいさな町だ。彼女は役所が必死に人を呼びもどそうとはじめた、「農業ガールプロジェクト」に参加してくれた女性だった。

ちいさな町のちいさな役所がホームページで必死に募集したこのプロジェクトの参加条件は、いたって簡単だ。
一、道半町に住んでくれること（アパート代金・一年間は役所が七割負担します）
二、農業を、道半町の人から教えてもらい、愉《たの》しく暮らすこと

三、できれば、この道半町に永住してくれることたった、この三つだけだ。だが募集を見て他県からやってきた三人の女性のうちふたりは、一週間もたたないうちに、なにも言わず夜逃げ同然で、三時間に一本しか走らない電車に乗って町を出て行った。

ただ一人のこってくれたミキちゃんだったが、先週、役所の人間に辞退を告げたのだった。春雄はミキちゃんを責めるつもりはない。彼女の気持ちを考えれば至極当然だと、納得していた。彼女は東京で生まれ育った人だった。

彼女がこの町に暮らしはじめて一か月がたったあたりだったか、商店街で「あらためてミキちゃんを歓迎する会」が開かれたときだった。

「わたし、男に捨てられちゃって」

この町ですこしだけつくっている焼酎を呑《の》みながら、酔って顔を赤くしたミキちゃんは、つぶやいた。

「そうか」と春雄は答えた。ミキちゃんはポツリ、ポツリと事情を話しだした。

世界的にも有名なＩＴ系の企業で働いていたミキちゃんは、憧れていた部署に配属され、馬鹿な春雄にはいまいち理解できないが……なんだかネットの中にあるＣＭをつくっていた。そして、いつしか好きな人ができた。その男の人は、社内でも有名な、仕事のできる人だった。社内恋愛だった。二年付き合ったふたりには、社内にも「付き合っている」ということを公表しはじめた。結婚をきめたからだ。同僚の女性社員たちにも祝福され、あとは数か月後に控えた結婚式のために、二キロは痩せなきゃ——そんな風に思っていた矢先のことだった。

ある日ふたりで暮らす予定の新居へ行くと、知らない女性がベッドで寝ていた。その女の人は、裸だった。彼も、となりで寝ていた。

「……誰？」

真っ青な顔でつぶやいたミキちゃんに、それ以上に顔面を蒼白《そうはく》にさせ飛び起きた婚約者はちいさく答えた。

「……ヤクルトおばさん」


「ふざけてますよね」

そう言いながら、ミキちゃんは三杯目の焼酎を紙コップに注《つ》いだ。

「だいたいがですよ？　あの人乳製品まったく飲めないんです！　アレルギー持ちで！　それをよりによって黙って女連れこんで見つかって、その言い訳でとっさに出てきた言葉が『ヤクルトおばさん』ですよ!?　せめて『お姉ちゃん』とか、そんくらいの言い訳しろっつーの！　馬鹿にしてんですよ、わたしのこと」

結局ミキちゃんは、婚約を破棄した。しかし世間は無情なもので、会社は仕事のできる男を優遇し、ミキちゃんは違う部署に異動させられた。書類を整理するだけの、虚《むな》しい仕事だったという。ちいさな田舎町でしか生きたことのない春雄にも、なんとなくその辛《つら》い状況は想像できた。胸が痛かった。

ミキちゃんは会社に居づらくなり依願退職した。両親にも「親戚になんて説明すればいいの」と結婚が破談になったことをなじられ、ふと見つけたこの「農業ガールプロジェクト」に参加したのだという。

「逃げたかったんです。東京から」

そう、彼女は五杯目の焼酎を呑みながら、寂しそうに笑った。

彼女の痛みが、この町で暮らすことで癒えればいいと心の中で願った。気の利いた励まし方をしたかったが、春雄は恋愛経験に乏しく、また女性に対しては照れがあり、うまい言葉をかけてやれなかった。ミキちゃんが十杯目の焼酎を一気呑みし、だいぶ呂律《ろれつ》もあやしくなったとき、

「春雄ちゃん、わかる!?　そのベッドで寝てた女、ショートヘアーだったの！　ヒック……わたしと同じ……ショートヘアー！　浮気するんだったらよ、せめてぜんぜん違うタイプにしろっつーの！　なんかさ、それも無性に腹が立って。わかるでしょ、春雄ちゃん！　この女心！　ヒック！」

と言われたときもぜんぜんわからなかった。あげく、

「髪が短いと、ドライヤー楽だよね」

と春雄は頓珍漢な答えをしてしまい、そのことも後悔していた。

逃げるように道半町へやってきた彼女だったが、都会で生まれ育った彼女がコンビニもない田舎町になじめずに出てゆくことを、誰が責められるだろうか。


「ほんとに、忘れもんねーんだな?」

「うん」

「東京もどって、働く場所あんのか?」

「大学時代の親友がちいさなカフェはじめて、一緒に働かないかって」

「そうか、カフェか」

「うん」

「お洒落《しゃれ》だな……なら、大丈夫だ」

なにが大丈夫なのかわからないが、とにかくカフェなどテレビでしか見たことのない春雄は、そう励まし、彼女におおきく頷《うなず》いた。それを見てミキちゃんは顔をクシャっとさせて、笑ってくれた。

「わたし、春雄ちゃんのそういうとこ、大好き」

「え?」

「……ありがとう」

先ほどまでなんの未練もなさそうだったのに、ミキちゃんは笑顔のままその目に涙を浮かべた。

「もう発車させるぞ、春雄」

幼いころから知っている、幼いころから爺《じい》さんの顔をした運転手のヤジさんが春雄に声をかける。実は発車の時刻はとうに過ぎている。でも別れの多い道半駅は、こういうとき、発車時刻など無視してくれる。無人駅の唯一の利点だ。だがそろそろ電車を出さなければいけない。明日という、未来へむかって。

「乗れ、ミキちゃん」

ミキちゃんはうつむき、古色を帯びたコンクリートのホームを見つめた。その足元は年数を重ね、ところどころに亀裂が入っていた。

「乗れ」

ミキちゃんが、ちいさなバッグを片手に、二両しかないおんぼろ電車に乗りこむ。

「出発ーしんこうー」

ほかに誰もいないおんぼろのホームにむかって、ヤジさんがのんびりと叫ぶ。

彼女が涙を浮かべながら、車窓から顔を出す。

「春雄ちゃん、元気でね」

春雄には、伝えなければいけないことがあった。

——春雄は、ミキちゃんを好きになっていたのだった。

「……ミキちゃん」

「なに？」

ヤジさんが運転席でハンドルを握りながら、「早くしろ」と言いたげな顔で春雄を見る。

春雄は、精いっぱい胸を張り、あたり一面すべての田んぼに響き渡るような大声で叫んだ。

「好きだー！　ミキちゃーん！」

あまりの大声に、田んぼで昼寝していた狸《たぬき》があわてて逃げた。

「だからー！　また東京で辛くなってー！　行く場所もなくなってー！　そのときすこしでも俺のこと思いだしてー！　……俺で君を勇気づけられるんだったらー！」

「…………」

「またこの町にもどってこーいー！」

力のかぎり、叫んだ。

ミキちゃんは突然の告白に、時が止まったように春雄を見つめた。そして、口を開いた。

「それは……無理！」

「なんで？」

鳩《はと》に豆鉄砲という言葉がこんなに当てはまることもないくらい、春雄はあんぐり口を開けた。

「だって……タイプじゃないから」

「……………」

「春雄ちゃんのこと、タイプじゃないから！」

耳がキーンとした。

ヤジさんが笑いながら、もう一度「出発進行」と言って、こんどこそ電車を走らす。

窓から顔を出し手を振るミキちゃんの姿が、ゆっくりとちいさくなっていく。

「でも春雄ちゃーん！　ありがとーう！　ありがとーう！　春雄ちゃんと過ごした三か月で、わたし元気出た！　もう一度、東京でやってみようって、そう思えた！　ありがとーう！　ありがとーう！」

明日へとつづく線路を走る、二両編成のおんぼろ電車に乗ったミキちゃんは、ずっと、「ありがとう」と言いながら、手を振りつづけた。

ちいさくなっていく彼女の声は、すこし涙声になっていた。

春雄はフラれた心の痛みを、ちょいと胸の奥にあるちいさな箱に仕舞いこんで、もうかすかにしか見えない電車を見つめ、おおきく息を吸った。そして、ちいさな右手の拳を力いっぱい握り、青い空に掲げ、力のかぎり、叫んだ。

「がんばれー！」

【我ら、道半町青年団】

　春雄は声が嗄《か》れ果てるまで「がんばれー！」と叫びつづけた。それはミキちゃんを乗せた電車の背中が見えなくなるまでつづいた。もう彼女はいないのに、春雄はずっと笑っていた。ようやくスニーカーの踵《かかと》を三十歩ぶん鳴らし、道半駅の改札へともどっていく。改札といっても田舎の無人駅。味わい深い木製の、たった一人しか通過できない改札口がそこにある。その奥には、やはり木製のベンチがある。そこにこの世でいちばん大切なゴンスケを待たせていたのだ。

「ゴンスケ」

　満面の笑顔で、春雄はその名を呼んだ。

「うわー！　春ちゃーん」

　春雄より百倍も穢《けが》れのない天使のような笑顔で、ゴンスケは春雄に応えた。ゴンスケの横には、近所のトメ婆《ばあ》とコマメ婆がいる。ふたりは日中、だいたいこの木製のベンチに座り、世間話をしている。だからミキちゃんを見送る間、ゴンスケをちょいと見ていてもらった。

——ゴンスケは今年、二十五歳になる。でもゴンスケは、毎朝自分が着る服もこちらが決めてやらねばならない。言葉もすこししか喋《しゃべ》れない。長い会話になると、相手が話している意味も、理解できなくなる。なぜならゴンスケは、自閉症という障害をもってこの世に生まれたからだ。

だからといって悲観して欲しくはない。はっきり言って、彼は天使だ。まず、顔が断然可愛《かわい》い。まるで赤ん坊のような、ツルツルの肌。たべてしまいたくなる。二重瞼《ふたえまぶた》の整ったお目々。キスしたくなる。鼻の先端はちいさくピョコンと空をむき、よく笑う口は、たえず口角が上がっている。神様が「みんなに可愛がられますように」とその躰《からだ》をつくったのか、身長も百五十五センチとちいさく、子供のようだ。今日もゴンスケが気に入っている短パンを穿《は》いているので、二十五歳の大人なのにまるで小学生みたいだ。計算もできないし、お金の意味も知らないけど、ゴンスケは町のみんなに可愛がられている。この町のアイドルだ。永遠のアイドル。

「ゴンスケ、饅頭《まんじゆう》欲しがるから、五個も食わせてしもうた」

トメ婆が、孫を甘やかす祖母のようにうれしそうに笑う。

「嘘《うそ》じゃ嘘じゃ。ほんとは六個だで？　あたしは『腹痛くなったら、どうすんじゃ』言いよったんだけど、トメがききゃーせん。アハハハハ」

コマメ婆が、トメ婆を見ながら愉《たの》しそうに報告する。

「ありがとう、ありがとう！」春雄はふたりに礼を言い、春雄の帰りを待ちわびていたゴンスケを思い切り抱きしめてやった。


五歳違いの春雄とゴンスケは、徒歩十分ほどの近所で生まれ育った。春雄の父と母もゴンスケの両親と同じく、この町で生まれ、育った人だった。互いの毛穴の数まで、互いの尻の穴の形まで知っているような、家族同然の関係。

ただゴンスケの父さんは、遠いむかし東京へ出稼ぎに行ったきり、二度とこの町に帰ってこなかった。理由はわからない。ただ春雄が子供のとき、一度だけ死んだ父さんに尋ねたことがある。「なんで、ゴンスケの父さんは帰ってこないの？」と。

すると人の悪口を絶対に言わなかった父さんが、ちいさく、「あの、馬鹿野郎が」とつぶやいた。その顔は、とても悔しそうだった。だから、それいこう理由は訊《き》かなかった。子供の春雄にも、なんとなく理由はわかった。

そして就職して働くこともできないゴンスケを、三十歳になった春雄はいまでも、一手に面倒を見ている。春雄が働く店でも、常に横に座らせている。ゴンスケの母・成美《なるみ》おばちゃんはこの県いちばんの大都会、夢の町まで行って働いているので帰りが遅い。だから春雄がゴンスケと別れるのは、ほんの一瞬だけ。ゴンスケの母さんが仕事に出る朝九時には彼の家へ迎えに行き、帰ってくるまでいっしょにいる。晩御飯も毎日いっしょ。お風呂も、毎日いっしょ。女手一つでゴンスケを育てるおばちゃんは、

「春雄のおかげで、心配せんで働かせてもらえる」

といつも礼を言うが、なに、それはいらぬ礼だ。早くに父と母を亡くしてしまった春雄が、どれだけゴンスケの笑顔に助けられてきたか。どんなにゴンスケの無邪気な笑い声で、悲しみが癒えたか。春雄は、礼を言わなければいけないのは自分のほうだと思っている。ゴンスケは春雄の躰の一部だ。ゴンスケの目は春雄の目で、ゴンスケの嗅ぐ匂いは春雄の嗅ぐ匂いだった。

それはゴンスケも同じだろう。生まれたときから兄弟同然、いや、血よりも濃い関係。ともに時間をすごし、ゴンスケにとっても春雄は自分の躰の一部だった。だから春雄は、日々ゴンスケと別れる数時間が寂しくてしかたない。一人、家で眠っていても、「ゴンスケはなんの夢を見てるだろう」と考えると会いたくてしかたなくなる。だから朝になればすぐに迎えに行ってしまう。それくらい春雄は、ゴンスケを愛していた。

「春ちゃん、ミキちゃんと、バイバイ、おわった?」

ゴンスケが尋ねてくる。ゴンスケの声は、子供のように高い。ぎこちない喋り方で、でも穢れのない天使のような笑顔をみせて、ゴンスケが春雄の目をのぞきこんだ。

「おぅ！　しっかりバイバイ終わったぞ！　ミキちゃんも『ゴンスケによろしく！』って言ってた！」

「よろしくって？」

「そうだ！　よろしくって」

「ぼくに？」

「そうだ！　ゴンスケにだ」

「やったー！」

　ゴンスケはうれしそうに顔をクシャクシャにして、両手でガッツポーズをした。何度も両手を宙に掲げ、「やったー！」「やったー！」と笑う。しまいにはトメ婆とコマメ婆に抱きついた。孫にも滅多に会えないふたりの目尻はしぜんと下がり、

「よーし、よし」

「えがったの、えがったのゴンスケ」

と、ふたりは本当の孫をあやすように、ゴンスケの頭を撫《な》でつづけた。

　春雄は朗らかにその様子を見ながら、ちょいと一瞬顔を曇らせた。

　ミキちゃんはそんなことは言っていなかった。春雄はちいさな嘘をついてしまったことを後悔する。でもゴンスケが喜ぶ姿を見て、「ま、いっか」と、すこしの罪悪感を、胸の奥にあるちいさな箱に仕舞った。そしてゴンスケに負けないように、満面の笑顔で

笑った。と、またトメ婆がゴンスケの大好物の饅頭をたべさせようとするので、いいかげん止めた。

トメ婆とコマメ婆は御年八十歳くらい。正確な年齢をふたりに訊いたことがあったが、「八十になってから、数えていない」と口をそろえて言った。だから本当は八十三歳なのか、八十五歳なのかわからない。が、「この歳になりゃ、年齢なんて梅干しの種より意味がない」とふたりは言うので、〝だいたい八十歳〟と春雄は認識している。

トメ婆が、顔をニヤニヤとさせ、口をひらく。

「春雄、フラれてたな」

コマメ婆も饅頭を片手に、「ひゃっひゃひゃひゃっひゃ」と笑った。

「はいはい、フラれましたよ」

「なんでフラれた？」

知っているくせに、わざと訊いてくる悪戯顔《いたずらがお》だ。

「ん？　……やっぱり東京もどるし、遠距離恋愛になるのは辛《つら》いんじゃねーのか？」

「嘘つけ。ここまで聞こえてたわ。『わたし、春雄ちゃんのことタイプじゃねー』って！」

老人ツートップが声を大にして笑う。都合の悪いことは耳が遠くなるくせに、自分への悪口と愉しいゴシップネタには若者よりも耳が良くなる。老人の常。春雄はわざと顔を般若《はんにゃ》のように怒らせ、「はいはい、タイプじゃないって言われましたよ～だ！」と、ふたりに叫んだ。そのあとも、「はよいい人見つけて結婚せい」「じゃないとおまえもすぐにジジイぞ」「白髪出てきたんでねーか？」「鼻毛出とるぞ」「だからフラれたか」「いや、今日日《きょうび》の若い女はスラーっとした男が好きだで、春雄じゃ身長が足らん」「牛乳のめ」「飯食え」「一日どんぶり五杯は食え」……などとひとしきり老人ふたりのからかい相手にされた春雄は、「じゃ、行くぞ婆ちゃん」とふたりに声をかけた。

「おぅ。そうか」

トメ婆とコマメ婆は笑顔の残影をのこしたまま、すこし寂しさを顔に浮かべた。

この道半町は、人口が少ない。しかも年々、悲劇的に減ってゆく。老人はその寿命を終え天国へといき、若者は働く場所をもとめ都会へ出ていくからだ。むかしは良かった時期もあったらしい。人口が一万人を超えていた時期もあったそうだ。だがいまは一千人。いや、本当はもっと少ないかもしれない。だから数少ない若者の春雄は、町の爺《じい》さん婆さんの「よき話し相手」であり、「よきからかい相手」だ。春雄はその役割を重々承知しているし、この町で生まれ育った人たちとの時間は、なによりも大切だった。

春雄は去りぎわに、

「なにか困ったことはあるかい？」と婆さんたちに尋ねた。これは恒例だ。

ふたりはそれぞれ「庭の雑草が伸びて、歩きにくい」「そろそろ、秋物の服を出したい」と言うので、「おう！」と答え、春雄はジーパンの後ろポケットに手を入れた。そこには、いつもメモ帳とペンを入れてある。

○トメ婆　「庭の手入れ」

○コマメ婆　「タンスの整理」

とペンで走り書きし、またポケットへしまった。そして仕事と、今日行う一大イベントが終わり次第、それぞれの家へいくことを約束し、ゴンスケと手を繋《つな》ぎ駅を出た。

春雄はフーと息をついて、もう二十年間の相棒となるママチャリを見つめた。流行《はや》りのロードバイクでもマウンテンバイクでもない、普通のママチャリ。ハンドルがついて、ちゃりんちゃりんと小気味よい音を鳴らすベルがついて、前には古臭い買い物かごがついた、普通のママチャリ。でもこの自転車は手放せない。後ろにゴンスケを座らせて走ることができるし、なにより死んだ父さんがのこしてくれた、春雄にとって大切な父の形見だった。

自転車の後ろには、「道半町青年団」と書かれたのぼりが立っている。春雄が自宅で、気合を入れすぎてアゴが飛びだしアントニオ猪木《いのき》のような顔をしながら墨汁をすり、――そこからは気合で一気に書きあげた大切なのぼりだ。十年も前に書いたものなので、風に吹かれ、雨に打たれボロボロになっている。だが春雄は、道半町青年団をはじめた十年前の初心を忘れないために、いくらボロボロになってものぼりを新しくすることはなかった。

道半町青年団ののぼりが、今日も町に吹く風に揺られ、太陽の光を浴びている。

八月の太陽は焦げるように熱く、のぼりに息吹を吹きこんでいる。

春雄は目を閉じた。

山の匂いがする。

カラスが鳴いている。

スズメたちもチュンチュンと美しい唄声をあげながら、地面を歩いている。

橋のほうからは、かすかに海風の香りもしてきた。

きっと透きとおる海の中では、何万匹もの魚たちが今日も泳いでいる。

気持ちが集中してくる。気合がはいる。

心が静かに、燃えあがってきた。

「……俺がやらなきゃ、誰がやる」

春雄は瞼を閉じたまま、ちいさくつぶやく。

ゴンスケが、この春雄のいつもの儀式を、わくわくとした表情で見つめる。

春雄に、ギュっと両手の拳を握りしめた。ゴンスケはそれを見て、

「春ちゃん、はやく、はやく」

と心の中で願った。

春雄がすーっと、鼻から息を吸う。

道半町の、すべての大地の恵みを、人々の願いを、苦しみを、百六十五センチしかないちいさな躰にすべて吸収するように息を吸いこむ。春雄の胸が、大地の息吹をのみこみ膨らんでくる——。

春雄は、ぐわっ！　と、まなこを開いた。

「春ちゃん！」

この瞬間を待ちわびていたゴンスケが叫ぶ。

春雄のスイッチが入った。春雄は東にむかう、田舎の一本道を見つめ叫ぶ。

「行くかゴンスケ！　町を救いにー！」

「やったー！」

ゴンスケは笑って、春雄の自転車の後ろに飛び乗った。

春雄も自転車のサドルに飛び乗る。

後ろを振り返れば、道半駅がある。

でもいまは、決して振り返らない。

ミキちゃんを見送った駅。

何十人もの仲間や友人たちを、見送ってきた駅。

はじめて本気で愛した、アイツを見送った駅。

みんなの涙が、染みこんだ駅。

見送る人も、見送られる人も、全員の涙が染みこんだ駅。

だからいま、春雄は振り返らない。

町から出ていく人間ばかりではなく、「やってくる人間」がたくさんいることを信じて、春雄は振り返らないのだ。

──そのために、まずは今日のゆるキャラ県予選で、なにがなんでも一位になる。

これから春雄とゴンスケの、たったふたりの道半町青年団は、勝負のステージへと上がるのだ。その名も、「町対抗・ゆるキャラ県予選」。三十もの町が、それぞれのゆるキャラをつくり、競い合う。投票の結果、いちばんになった町のゆるキャラが、たった一枠の県代表になれる、大事な大会だ。

春雄は、「道半町、最強ー！」と雄叫《おたけ》びをあげ、ペダルに足を乗せる。片足で、土の地面を蹴りつけた。

春雄は全力でペダルを漕《こ》ぐ。太ももがパンパンに膨れあがる。何十年も使いつづける相棒の自転車も、キィキィと悲鳴をあげながら、春雄とゴンスケの期待にこたえようと必死でタイヤを回す。鬼の形相でペダルを漕ぎつづける春雄の背中に、ゴンスケが「最強ー！　道半町最強ー！」と春雄の口癖をまねて叫び、勇気づける。

道半橋が見えてきた。この長い橋を渡りきれば、道半町の中心部だ。橋の下には、おおきな川。橋の北側は、川からつづくおおきな海、南側は、山々の景色だ。山の裾野には長い道路があり、車で一時間ほど走った先の夢の町につづいている。夢の町は、ここらでいちばんの大都会だ。

春雄は、右も左も見ない。海も山さえも、心の視界に入れない。ただ全力で、ひたすら前だけを見つめペダルを漕ぐ。

「ゴンスケー！　気合入ってるかー！」

「はいってまーす！」

「道半橋、渡るぞー！」

「春ちゃん、最強ー？」

「あたりめーだ！　道半町、最強ー!!」

「最強ー!!」

長くておおきい、みんなの涙でおおきくなったと言われる道半橋を、春雄はゴンスケを乗せ一気に渡りきった。

こんどは左へハンドルを切り、川の堤防沿いの一本道を一気に走り抜ける。

この堤防沿いは、夕日を浴びる時間になると、オレンジの光が川の水面に反射し、なんとも昭和な、あたたかな、いい雰囲気になる。

ふと――アイツのことを思いだした。アイツを自転車の後ろに乗せ、学生服姿の春雄は毎日、夕日を浴びながら自転車を引いた。アイツは今日起こった高校での他愛《たわい》もない話を馬鹿みたいに話し、笑った。「担任の先生のお腹《なか》がどんどん中年太りになってきた」とか、「友達の誰ちゃんがお弁当忘れて、おばちゃんが学校まで届けにきた」とか「そしたら中身が白米だけだった」とか。同じ高校に通い同じクラスの春雄は、その光景を一部始終いっしょに見ているからなんにも面白くないはずなのだが、アイツが愉しそうに話すと、なんとも面白く聞こえて、春雄も馬鹿みたいに笑った。ゴンスケはいつも春雄とアイツの周りを走ったり、歩いたりしていた。ときどき堤防の上を歩いてはふたりに、「危ない！」と怒られたりしながら、「なかよしー、なかよしー」とゴンスケはふたりを見て、天使みたいに笑った。

いかん。思い出に浸っている場合ではない。高校のとき、アイツに貰《もら》って右手首に巻いたままのG－SHOCKを見る。もう、ゆるキャラ県予選ははじまっている。町長の大蔵《おおくら》が禿《は》げ頭《あたま》を撫でながら、まだ到着せぬ春雄とゴンスケを心配している様が浮かんだ。春雄は疲れ乳酸のたまってきた両足に、気合をいれるように雄叫びをあげた。川沿いの堤防道をようやく通過した。

あとはひたすら、田んぼ道を走る。

デコボコの田んぼのあぜ道にタイヤを取られぬよう、必死にペダルを漕ぎつづける。

うまく走る秘訣《ひけつ》は、決してスピードをゆるめないことだ。

これも、町に住む婆さんたちや爺さんたちに教えてもらい学んだ、ここで生きる大切な知恵だ。

春雄のちいさな躰に夏の太陽が燦々《さんさん》とふりそそぎ、汗まみれになったころ、ようやく我らが道半町商店街のアーケードが見えてきた。全長二百メートルほどの商店街。春雄はいっそう、力をいれた。

✤

──「春雄が自転車に乗ってやってきたな」と、商店街の中ほどで肉屋を営むミツワの親父にはすぐにわかった。

先程から、誰もいない道半町商店街の入り口から、かすかに「ウオー！」だの「ウオリャー」だの「ゴンスケー！」だの、あとあいつが一日に二百三十二回は口にするであろう「最強ー！」という叫び声が木霊《こだま》してくる。

ミツワは口角を下げながらその雄叫びを聞いていた。ふと、商店街を見渡す。なにも最強じゃない。買い物客は、ゼロ。店を開けている店舗はミツワの肉屋と、「おしゃれなブティック」と言い張っている、洋服屋の虎二《とらじ》の店の二つだけ。その虎二も、朝からシャッターは開けてはいるがまるっきり姿が見えない。きっと奥の座敷で居眠りでもしているのだろう。別に構やしない。客がいないのだから。

ミツワは、ため息をつき眼球だけ横に動かす。いちおう店先に立つ自分の横では、先ほどから妻の恵美子《えみこ》がいびきをかきかき、眠っている。恵美子は一年三百六十五日、店先にパイプ椅子を置き、眠る。朝から晩まで。ミツワが店のシャッターを開けると、いつの間にか店の奥の自宅から出てきて、気付くとパイプ椅子の上で寝ている。夕方になりミツワはシャッターを閉める。起こす。が、起きない。ミツワが真夜中、ふと布団の中で目を覚まし横を見ると、またいびきをかいて妻は寝ている。豚のような顔で。

ミツワは、店先で眠る妻の顔をじーっと見てみた。

太っている。体重は、百二十キロを超えているはずだ。その顔は脂肪で埋もれ、目すら開けているのか閉じているのかわからない。メイクをした妻を見たのは、あれはいつだったか？　そして髪が伸び放題だ。この商店街に美容院がなくなってから五年がたつ。それ以来妻は、髪を切っていない。だから、その五十歳の髪の毛は無残にも伸びつづけ、染められぬ白髪が混じり、なんとも痛ましい。

妻とは、同じ高校で出会った。この町唯一の高校、道半高校の柔道部で一緒だった。ミツワは、背が高い。いまでも名残はあるが、筋肉隆々、名の知れた柔道家だった。信じられないが当時の妻は痩せていた。体重は五十キロあるかないかだった。切れ長の目が美しい、町でも学校でも有名な美しすぎる柔道家だった。ミツワの初恋の人だった。で、結婚した。そして結婚三十年を迎え、妻はいつの間にか豚になっていた。最近では起きている顔さえ見ていない。名前も呼んでいない。美しかった初恋相手がこんなにも太ってしまったのは、肉屋の自分の家に嫁いでしまったからなのか。豚の、呪いなのだろうか。

「ハァ」

ため息が漏れる。春雄の雄叫びが、近づいてきた。

「おい……おい……起きろ」

豪快な鼻いびきをたて眠る妻に、一応声をかける。

「おい、目、覚ませ、豚。春雄が猛スピードで通るぞ。危ねぇぞ」

「ガー……ガー……」

この豚は、春雄の自転車がぶつかろうが、地球が爆発しようが、パイプ椅子の上で眠ったまま起きない。きっと死ぬ瞬間まで、このパイプ椅子の上で眠りつづけることだろう。「ま、いっか」と、ミツワは心の中でつぶやいた。

春雄が、今日もゴンスケを後ろに乗せて、目の前を疾走してゆく。

「道半町！　最強ー!!」

前だけを見て、般若のように顎を突きだし不気味に笑う春雄は、叫びながら風のように去っていった。ゴンスケも、愉しそうに手を叩《たた》き笑いながら、自転車の後ろに乗っていた。

「元気だね、あいつらは」

それにしても、いつにも増して春雄の自転車のスピードが速かった。

ふと肉屋の前にある、営業を辞めてしまった靴屋のシャッターを見る。

「8／10（土）11時～　町対抗ゆるキャラ県予選」

と墨で書かれたきたない手書きのポスターが見えた。その春雄が書いたポスターには、「みんなでこの町を盛りあげよう！　こぞって応援にきておくれ！　ビバ！　町おこし！　道半町商店街　最強ー！」と、やはり春雄の筆字で書かれていた。

「無理だで」

ミツワは独《ひと》り言《ご》ちる。この町はもう死んだのだ。その証拠に全長二百メートルほどの商店街は、いまミツワと眠る巨大豚の姿しか見えない。時々店を開ける八百屋のシャッターに貼られた紙が、春雄の疾走した風を受け、ひらひらと揺れている。

「気が向いたら、開け〼《ます》」

みな、その気がむかないのだ。

ミツワは、一日に五百万回つくようになってしまったため息をつき、「……早いけど、閉めっか」と独り言ちた。

ふと、自分が肘を載せているショーケースを見た。誰にも買われることのない肉が、虚しく鎮座する。誰にものぞかれることのないガラスは、しばらく磨いていないので白茶け透明感を失っている。数歩歩いて店先へ出て、いつものように両手をあげた。ガラガラと音を立てながら、シャッターを下ろす。

どんなにおおきな音を立ててシャッターを下ろしても眠った妻は起きないので、今日も一人、店の奥へ引っこむ。あとはもう何十回と観たドラマの再放送をなんとなく眺めながら夜を待ち、眠るだけだ。

「アイツ、帰郷。そして嘆く」

　どこかであの馬鹿が、わたしのことをアイツ、アイツと呼んでいる気がした。

「さむっ」八月だというのに、春雄の顔を思いだしたら背筋がぶるっとふるえた。

　雪《ゆき》は、十二年ぶりに道半駅のホームに帰ってきた。コツ、コツ、コツと、小気味いいヒールの足音がホームを鳴らす。お気に入りのクリスチャン・ルブタンのヒール。美しく燃えるような赤いソールが、コンクリートのホームに輝く。

　雪は微笑を浮かべながら立ちどまった。青い空を見上げ、黒くておおきなトムフォードのサングラスを外す。真夏の太陽が雪の腰まで届きそうな長い髪の毛を照らした。

「暑い」

　つぶやき歩きだそうとした瞬間、靴が脱げた。ホームには亀裂が入っていた。亀裂の間に、ルブタンの高いヒールが虚しく挟まっていた。

「なんなのよ！」

　雪は美しい顔を一気に歪《ゆが》ませ、片足でケンケンしながらなんとか靴を引っこ抜いた。

となりで、八歳になる娘の花《はな》がそれを見て大笑いしている。

「笑わないでよ」

素の顔にもどってしまった。やはり無理だった。十二年ぶりにこの町に出もどってきた今日。なんとか優雅に、映画みたいな気分でホームに降り立とうとしたが無理な話だ。だってここは、ど田舎の道半町だもの。ヒールを履く人間などほぼ存在しないため、少々のホームの亀裂など誰も気にしない、道半駅だもの。

後ろでは、まだ二両編成のおんぼろ列車が停まっている。とうに発車する時刻は過ぎているはずなのに、子供のころから知っている運転手のヤジさんが、さっきからニヤニヤと雪の足元を見ている。

「なによ」

「雪、そんな靴じゃ田んぼ道歩けねーぞ」

「わかってるわよ！」

「ならいい」ヤジさんが、笑う。

おもわず、ため息が出た。

「おじちゃん、わたしが帰ってきたこと、絶対誰にも言わないでよ」

「さっきから何回釘《くぎ》さすんじゃ。わかっとる。誰にも言わん。おめーは気が強ぇからな、怒らすと怖い」

ガハハハと、ヤジさんは青い空を見上げ笑った。雪は目鼻立ちのしっかりした顔を歪ませ、舌を出してやった。ヤジさんは雪のとなりに目をむける。

「娘っこか」

「……そう」

前髪を綺麗《きれい》に眉上でそろえた娘の花が、目を輝かし挨拶した。

「渡會《わたらい》花です！　よろしくお願いします！」

「そっか、そっか」

孫を見るように花を見て、ヤジさんは運転席から微笑《ほほえ》んだ。と、急に空を見上げると手をポンと叩《たた》き、雪に視線を移した。

「お、そういえばさっき、春雄がホームにいたぞ」

「え！　なんで！」

「見送っとった。髪の短い女の子。ここで暮らそうとしてたんだけども、無理だったな。東京帰ってしもうた」

「春雄は？」

「『がんばれー！　がんばれー！』って叫んどった。いつも通りじゃ」

雪は呆《あき》れてハーと息をついた。あいつはなにも変わっていない。自分と付き合っていたころからずっと。春雄は馬鹿だ。そして純粋だ。

「どうせフラれてたでしょ」

「フラれとった。フラれたのに、最後は笑っとった」

「その女の子、訳ありでしょ？」

「おー、よくわかるの。なんかそれらしいこと、話聞いたな」

雪は嫌になった。この国で失われてしまった純粋さという厄介な性質を、春雄は持っている。十二年たって干支《えと》が一周しても、なにも変わっていないようだった。いや、ここに住みつづけ、ほとんどこの町から出たことのない春雄は、もっと拍車がかかっているかもしれない。

「ま、雪。おかえり」

「……ただいま」

「帰ってきたことは誰にも言わんで。とりあえずのんびりやれ」

「うん」

悪戯《いたずら》が見つかった子供のように、雪はしゅんと答えた。ヤジさんは閑散としたホームに「出発進行」と言うと、のんびりと次の駅へ電車を走らせた。

「……ハァ」

電車を見送り、雪はまた深い深いため息を、躰中《からだじゅう》でついた。

「どうした の？　ママ？」

花が目を輝かせ見上げてくる。おおきな荷物は東京から、母の待つ実家へ送ってある。

雪は、思いがけずに一家の大黒柱となってしまった自分の手を見つめた。そして娘の手を握り、力ない表情で見つめ返した。

「絶望してんのよ」

わざとおおげさに、顔じゅうで絶望を表現してみた。目鼻立ちがおおきいところが雪にそっくりな花は、面白がってキャッキャキャキャッキャと笑った。花は明るい性格だ。それが雪には救いだった。チラと誰もいなくなった線路を見やり、ようやく花を連れ改札口へとむかった。

くすんで、古いままの無人改札が見えてきた。

「……なにも変わってない。十二年たつのに」

そう独《ひと》り言《ご》ちた瞬間、花が当たり前のように、肩からかけたちいさなポシェットの中に手を入れ、アレを出した。改札を見つめ、困惑している。

「ママ？　どこに『ピッ』すればいいの？」

「花。ここはね、『ピッ』は必要ないの」

――花がうれしそうに出したアレはＳｕｉｃａだった。しかし、道半駅の無人改札には、そんなものは必要ない。

――「ガラパゴスだ、ここは」雪は心の中で嘆き、またため息をついた。

「しまいなさい、花」

「えー、なんでー？」

「『ピッ』できないから」

「『ピッ』できないの？」

「できないっていうより、『ピッ』が必要ないの、ここは」

「じゃ、どうやって通るの？」

見本をみせてやった。築百年以上はたっていそうな木製の無人改札の、ちいさな木箱にひょいとふたり分の切符をいれて、雪は改札を通った。

「すごーい！」

八歳の花は、はじめて見た無人の改札に興奮し、そのちいさな躰を走らせ改札を抜けた。それを見て、雪はキュッと唇を結んだ。

通ってしまった、花とふたりで。

帰郷してしまったのだ。この道半町に。

「でもママ、なんでこの改札は駅員さんがいないの？」

「え？」

「だって駅員さんがいなかったら、誰でも勝手に入れちゃうじゃん。たとえばさ、偽物の切符をあの木箱に入れても、改札通れちゃうわけでしょ？」

　もっともなご意見だ。東京の、渋谷という大都会で生まれ育ってしまった花には不思議だろう。でもここで暮らす以上、田舎のルールを教えなければいけない。

「あのね、花。田舎は、信頼でなりたってるの」

「信頼？」

「そう。『切符は誰も誤魔化さないだろう』、だから駅には駅員さんが必要ない。『知った人間ばかりだから、泥棒なんて入らないだろう』、だから家にも鍵はかけない」

「えー！　家に鍵かけないの!?」

「かけないわよ。これから住むおばあちゃんの家だって鍵かけないわよ」

「さっきからママの話聞いてるとさ、『だろう』ばっかじゃん」

「それが、信頼なの」

　それからも「鍵はかけないけど、その代わり留守にしていても勝手に近所の人が入ってきて、お茶を飲んでる」「雨が降ると、勝手にとなりの家の人が洗濯物を取りこんでおいてくれる」「あと、野良猫は自由に出入りするし、ときには猪《いのしし》も入ってくる」ことを教えてやった。

「すごいね、プライバシー、ゼロだね」

「ゼロよ。田舎はノン・プライバシーよ」

「東京だったら裁判ものだね」

「裁判ものよ」

花の手を引き、駅を出た。

「……ハァ」つかないようにと誓うのに、勝手にため息が漏れる。

なにも変わっていない。

ロータリーと呼べないほど、ちいさなロータリー。自転車で旋回するのがお似合いな広さしかない。塗装も剝げて、ぼろぼろになったポストと公衆電話が立っている。なんでこんなものをいつまでも立てているのだろう? 現代はもはや、誰も手紙なんて書かない。携帯電話とネットさえあれば、そこそこ田舎でも誰かに連絡できる。ガラパゴスな風景に、雪の心はちょいと苛《いら》ついた。

そして駄目押しは、どこまでもつづく田園風景。

前後左右どこに首をむけても、緑でおおわれている。

生い茂る木々。稲。中途半端な高さの道半山。

花が口をひらく。

「ママ、意外とここ、いいとこだね!」

「そう?」

「なんか、空気もおいしいし、ロハスな感じがする!」

「あのね……これはロハスなんかじゃなくて、ただ田舎なだけ」

「えー？」

「それにね、こんな田舎で『ロハス』なんて言っても、誰も意味わかんないから。田舎はね、全部が勝手にロハスでオーガニックなの」

まだ田舎の現実がわからず、憮然《ぶぜん》とする花。ふと見ると、スニーカーの紐《ひも》が緩んでいた。雪は白いスカートの裾をすこし気にしながら、しゃがみ、結び直してやった。

花は、東京ではいつも革靴を履いていた。でもここでは、そんな物は必要ない。ヤジさんの言う通り、あぜ道で泥だらけになってしまう。それに気取っていると思われたくない。もしそんなことで苛《いじ》められでもしたら元も子もない。もう、雪たちにはここ以外、行く当てはないのだ。だから変に「都会っ子」として目立たぬよう、花には、普通の白い無地のTシャツとジーパンを着せた。GAPなのが、雪の消せぬプライドなのか。

雪はこの地で再スタートせねばならぬ、自分の人生を呪った。

雪は、三か月前に離婚した。

理由は簡単だ。テレビ局に勤める旦那に、たらふく浮気された。

高校を卒業した十八歳のとき、この町を出て東京へむかった。モデルになるためだった。雪は美しい容姿をもつ。身長は百七十センチあり、切れ長の目に、すっとまっすぐに通った鼻筋。唇はなにも塗らずとも健康的に赤く、おおきくもなく、ちいさすぎることもない、美しい唇だった。

道半町で生まれた雪は、幼いころからその容姿をたいへん持《も》て囃《はや》された。「可愛《かわい》い」「お人形さんみたい」「将来は絶対芸能人じゃ」「こんな可愛い子を、こんな田舎で見たことない」「道半町が生んだ奇跡じゃ」……みんな迷うことなく、賛美を送った。

子供から少女に成長しても、どんどん綺麗に育っていった。学校でもマドンナのように持て囃され、近隣の田舎の高校生たちが噂《うわさ》を聞きつけ、わざわざ二時間かけて雪の学校までその姿を拝みに来たほどだ。雪は自分の容姿ばかりが注目されることに、すこし苛立ちも感じていた。が同時に、

「わたし、あんがいイケんじゃね?」

と、あらぬ自信も持ってしまった。そして友達から背中を押されるまま、東京のモデル事務所へ写真を送った。と、すぐさま返事が来た。

「採用　すぐに東京へ来てください　所属モデルとして、活動してもらいます」

雪は迷うことなく、東京へ越すことにした。当時付き合っていた春雄は泣いたけど、「モデルになりたい」という夢を聞き、「がんばれー!　がんばれー!」と笑顔で送りだしてくれた。

慣れない東京での生活がはじまった。友もなく、知り合うモデルはみな同じ仕事を奪い合うライバルで、神経をすり減らした。

そしてすぐに気が付いた。「売れない」と。

びっくりした。渋谷を歩いてみたら、自分と同じレベルの女の子がうじゃうじゃ歩いていた。はじめて住んだ鶯谷《うぐいすだに》の、コンビニのバイトの女の子でさえ、もしかしたら雪よりも可愛かった。それに「すぐに東京へ来てください」と返事をくれたモデル事務所には、お金をたくさん取られた。「入会金」「宣伝用の写真」「レッスン代」「営業費用」。要は、「誰でも入れる」事務所だった。でも負けないよう、必死にがんばってモデルとして成功しようと思った。

そんなとき、大手テレビ局で朝の情報番組「めざましグッドニュース」のプロデューサーをしていた男と知り合った。女子アナが集まる合コンで、いちばん人気の女子アナが欠席となり、急遽《きゅうきょ》その穴埋めで参加したのだった。

しばしのあと、なんとなくその男と付き合うことになった。

しばしのあと、その男の子供が、お腹《なか》に宿った。

男はそのことを聞き、眉間に皺《しわ》をよせ、押し黙った。

でもしばしのあと、「うれしいよ」と素敵な笑顔をみせ、雪を抱きしめた。

結婚した。

「家にいて欲しい」と言うので、モデルの仕事は辞めた。

実はとうに、その夢は諦めていた。あんなに応援してくれた春雄の顔だけは、思いださないようにした。

子供が無事に生まれた。名前は、みんなに愛されるよう、花、はどうだろう？　と雪が提案すると、旦那は、「それでいいんじゃない？」と、また素敵な笑顔で承諾した。

東京で生まれ育った旦那のご両親とも、必死でうまくやった。

なかなかの上流階級なご両親で、フランス料理や慣れぬパーティーに四苦八苦しながら、なんとかサバイバルな日常を乗りこなした。

花はどんどんおおきくなり、旦那は「私立じゃないと、格好悪い」と言うので、私立の小学校へお受験させた。

花の要領がいいのか、はたまた旦那のご実家の家柄が良いためか、無事、名門私立のお受験に受かった。

その名門私立小学校は、セレブな親御さんの子供ばかりで、ちょいと合わせるのが大変だった。

でも、がんばった。

がんばった。がんばった。がんばった。

そうしたら、旦那の浮気が発覚した。

旦那の浮気には、付き合っている当初から、うすうす気付いていていた。

だから、見過ごそうと思った。見過ごして、この生活を、娘の幸せを、守ってやらねばと思った。

だが浮気相手は想像を超え、野球チームができそうなほどの人数だった。

それでも雪は、見過ごそうとした。

そうしたら――「別れて欲しい」と、ある日突然旦那に言われた。

――「浮気相手に、子供ができた」と、旦那は言った。

「堕《お》ろせないんだよ。いや、時期的なことじゃなくてね、その子の親がさ、うちの局の執行役員なんだよ。いや、飲み会で彼女と知り合ったときはね、そんなこと知らなかったから。だから、そういう関係になってしまったんだけれどもね。で、ま、妊娠して、彼女の親も、ぼくが既婚者だって知って怒ったんだけども、ま、『結婚して責任はとるんだろうな』って言うから。いや、ほら、ま、相手の家もそれなりな家だからさ、世間体もあるだろうし。ま、うちの実家もさ、それで納得してるし。ま、悪いんだけども、そういうことだから。あ、いや、誤解しないでね。君と花のことは大事に思ってるよ。だから、ま、慰謝料はしっかり払うから。養育費も。だから、ま、そういうことで」

なが ながと旦那はワインを片手に語った。自分には一度も落ち着けなかったおおきな高層マンションの、ご立派なご実家のパパとママに買ってもらった最上階のおおきな部屋の居間のテーブルで、旦那はそう言った。そのときですら、素敵な笑顔を浮かべて。

気付いたら、いつのまにか道半橋を渡っていた。

「疲れた……」雪は、歩きながらつぶやいた。

「ママ、タクシー乗る?」

花が心配して訊《き》いてくる。

「大丈夫、大丈夫。ママ元々ここで育ったのよ? 歩くのなんて、へっちゃら」

「そっか」

「それにね、田舎は東京みたいに、がんがんタクシー、走ってないから」

「へー!」

「だから平気。歩こう、花」

笑顔で返した。「疲れた」とつぶやいたのが、自分の不運な人生を呪った一言だと、まだ子供の花に気付かれずに良かった。雪はホッとして、不用意な一言を反省した。

ふと、橋を渡りながら、あたりを見回す。

左をむけば海、右をむけば山々が見える。

モデルになるという夢を持ち、春雄と寄り添いながら駅へとむかった十八歳のあの日。実家のある町を出て、商店街を抜け、延々と田んぼのあぜ道を歩いた。歩き疲れた雪を春雄は自転車の後ろに乗せてくれた。ペダルを全力で漕《こ》ぎ、漕ぎ、漕ぎ、あぜ道にタイヤを取られることなくうまく走り抜けた。おおきな川の堤防沿いの道を走り、夕日がふたりを照らした。そしてこの道半橋を、駅にむかって渡った。

そのときは、右には海が見えて、左には山々が見えた。でも、いまは逆だ。

——出もどってきたのだ、この町に。

いや応なしに、その現実を叩きつけられた。でも一人ではない。愛する娘がいる。そのことをありがたく思いながら、同時に考えねばならぬことは山ほどある。花には名門私立小学校を辞めて、実家のある道半町で暮らすことを了解してもらった。花はその決断を聞いても、「いいよ！　それで！」と満面の笑みでこたえてくれた。うすうす、旦那と別れる事情に気が付いていたのだろう。でもその日の夜、自分の部屋でワンワンと泣いていた娘を雪は知っている。泣いている声が届かぬよう、必死に枕に顔をうずめながら、泣いていた娘を知っている。当たり前だ。雪は東京が嫌いな街になってしまったけれど、花にとっては、生まれてから八年間過ごした、愉《たの》しい街なのだ。大好きな友達と別れることは、なにより辛《つら》いはずだった。

——しっかりせねば、と、ふたたび雪は固く誓う。

やることは、山ほどある。花の転校の手続き。住民票の移動。そのほか、保険や役所まわりのややこしい手続き。そして、

——働く場所——。

雪は、あんな浮気男の養育費で娘の花を育てるなど、心臓が飛び出そうが、地球が氷

河期に突入しようが、まっぴらごめんだった。実家に着きお茶を飲んで、母から「馬鹿だね、あんたは」としばしのお説教を聞いたら、すぐさま働く場所を見つけにゆくと決めていた。

迷っている場合ではない。不安に思っている場合でもない。

気合をいれねば——そう思った、そのときだった。

後方から、「パラリラパラリラ　パラリラパラリラ」と、おおきな音が聞こえてきた。思わず、花と振り返る。

絶句した。

花も口をあんぐりとあけ、見つめた。

「お祭りの人？」

違う。紫色の特攻服と、ど派手な改造バイクがそう見せているだけだ。

十五歳くらいだろうか？　まだ子供の面影をぞんぶんにのこした男の子が、金色の髪の毛をリーゼントにしている。そのトサカは誰と競っているのか知らないが、天まで届きそうなほど高い。こんな田舎で誰を威圧したいのか、立派な剃《そ》りこみまで入っている。

バイクが近づいてきた。なにかがおかしい。雪はすぐその原因に気が付いた。スピードが物凄《ものすご》く遅い。時速二十キロも出ていないだろう。さっきから蛇行運転を試みるが、ビビッてすぐに止めている。超安全運転だ。暴走族なのにパトカーよりも遅い。そしてストリートセンターと書かれた旗をなびかせてはいるが、彼は一人だった。極めつけに、「パラリラパラリラ」とホーンを鳴らしながら走ってくる金髪リーゼントは、顔を歪ませ、ワンワンと泣いていた。

「あら、普通にすればモテるんじゃないかしら?」

と雪は思った。童顔の可愛い少年だった。逆三角のすっとした輪郭。顔もとてもちいさい。特攻服などやめて普通の格好をすれば、東京でも格好いいと言われる部類にはいる雰囲気だった。

さらに近づいてくる。少年は鼻水を垂らしながら泣いていた。雪の視線には気が付いていない。と、目の前でコケた。転んだというより、安全運転なので「カシャン」と迫力のない感じで倒れた。

「大丈夫!?」

花に、「そこにいなさい」と視線を送り車道へ出た。少年が、泣きわめく。

「うぉー！　オレのバイクがー！」

少年は助けにきた雪には目もくれず、あわててバイクの傷を確認し、倒れた旗に息を吹きかけ、汚れを落とした。

「ちょっと、せっかく助けてあげようと思ったんじゃない。礼くらい言いなさい！」

雪は母親のように、眉間に皺をよせ叱ってやった。少年はぶつくさと独り言を言いながらバイクの部品を拾い集め、細い躰に必死に力を込めてバイクを起こした。足首まで届きそうな長さの、紫色の特攻服の背中には、

「ストリートセンター初代総長　佐吉　夜露死苦」

と書かれていた。書かれているが、佐吉《さきち》は、坊主頭の中学生の野球部員にも喧嘩《けんか》で負けそうなほど、童顔で迫力のない子だった。

「佐吉くん」

思わず、この町に似合う感じの、田舎風な名前をつぶやいた。と、その刹那《せつな》、顔を真っ赤にして少年は振り向いた。

「佐吉って呼ぶんじゃねぇババア！　つぎその名前呼んだら、てめえの皺だらけの顔、田んぼの土で泥パックにしてやるからな！」

「はぁ！　バ、ババア!?」

「うるせー！」

佐吉という少年は礼も言わず、必死で慣れぬキックでエンジンをかけ、去っていった。

佐吉は安全運転で去りながら、急に唄いだした。

「♪ぬーすんだバイクで走りだす！　行き先も　わからぬまま！　自由をもとめつづけた　十五の夜～～ウオゥウゥウゥオウゥウゥ！」

尾崎豊《おざきゆたか》の「十五の夜」を泣きむせ、熱唱しながら去っていった。その途中で、また

転んだ。運転が下手なのだろう。泣きながらバイクを一人で起こし、なんとかエンジンをかけ、いっそう泣きながら、十五の夜を唄い去っていった。

いやだ、嫌だ、これだから田舎は嫌だ！

せっかく「しっかりせねば」と気合を入れた矢先にこれだ。東京で、暴走族などいまや見ることもない。それこそ天然記念物だ。それがこの町に十二年ぶりにもどってきたとたんに、あんな子と出会う。

なぜ、田舎の少年は尾崎豊を成仏させないのか？

尾崎豊があんなに破天荒な青春を謳《うた》いあげながら、本当は東京生まれで、バイクも盗んでいない良い子だったことを、なぜ知らないのだろうか？

「いい加減、尾崎豊は成仏させてやらんかい！　この田舎者が！」と雪は心の中で叫んだ。

花が愉しそうに、一人暴走族の少年のちいさくなってゆく背中を見つめる。

「あの人、氣志團《きしだん》？」

「ちがう……ガラパゴス！」

雪は力いっぱい叫んだ。

【道半町の、現実】

「春雄……はやくせぇよ。大会終わってしまうぞ」

六十五歳になる道半町町長の大蔵《おおくら》は、いまだ到着せぬ春雄とゴンスケを待っていた。

心配しながら、左腕に付けた腕時計をそっと確認し禿《は》げ頭《あたま》を掻《か》いていた。

ここは道半町公民館。町対抗・ゆるキャラ県予選はまもなく終わりを迎えようとしている。

どうせ春雄のことだ。農業ガールプロジェクトに参加してくれたミキちゃんを見送りに行って、告白しフラれ、「ウォー」だの「ゴンスケー」だの「道半町、最強ー!」だの叫びながら自転車を走らせているはずだ。心中、

「はやく公民館に着かなきゃ」

と焦燥しながらも、老人を見つけては自転車を止め、「なにか困ったことはないか?」「俺にできることはあるかい?」と訊《き》いてまわっているのだろう。そのたびにポケットからメモ帳を出し、ペンで走り書きし、またあわてて自転車を漕《こ》いでいるのだろう。大

蔵はいつもの春雄の行動を想像しながら、ため息をついた。

町対抗・ゆるキャラ県予選のルールは簡単だ。三十の町が集まって、それぞれの町が考えだしたゆるキャラを発表する。そして観客に「どの町のゆるキャラがいちばん可愛《かわい》いか？」を投票してもらうのだ。

壇上に備えられた細長い、簡易的な貴賓テーブルのいちばん端に座っている大蔵。もちろん下座だ。ステージでは、となり町の長ネギの格好をしたゆるキャラが必死に踊っていた。四肢を懸命に広げ、朝の子供番組の着ぐるみのようにおどけている。

となり町は、長ネギが有名な町だ。有名といっても、あくまでこのちいさな県の中で有名なだけで、実際の日本における長ネギ生産量でいけば、ほぼ最下位に近い。が、名産品があるだけ道半町よりマシなのかもしれない。大蔵はしばし、踊る〈長ネギくん〉を見つめた。

長ネギくんは、最近子供たちの間で流行《はや》っているらしいアニメの曲が流れる中、必死に踊っていた。客席の子供たちや老人たちに踊り、唄い、アピールしている。

「なかなか、良くできているゆるキャラだな」

と大蔵は思った。躰《からだ》の部分は、ピチピチのまっ白なタイツを着け、頭の部分はきちんとよい素材をあつらえ長ネギの頭部を再現している。見事な出来栄えだった。となり町の町長・清水さんは、大人しそうに見えて負けず嫌いだ。いや、少々見栄っ張りと言ってもいい。勝てないとわかっている大会なのに、

「県知事が出席する」

と聞き、あわてふためいて予算を注ぎつくったのだろう。

が、うちの町にはどんなに袖を振ってもこの大会につぎこめる予算はない。

大蔵には子供がいない。妻とふたり、子ができることを切に願ったが、とうとう授か

らなかった。孫もいないためタイトルはわからないが、耳にしたことがある子供の流行

曲が盛り上がる。サビの部分だろう。長ネギくんはそれに合わせ必死に踊ってアピール

するが、観客の子供たちの反応はいまいちだった。長ネギの頭の部分に、網状のちいさ

い両目が見えた。

「なるほど、中に入っている人間は、あそこから外の様子が見えるわけだ」

よく見ると、中に入っている人間の目は焦っていた。眼球が忙《せわ》しなく左右を見回し、

必死に観客の反応をうかがっている。反応が薄いものだから、ますます焦り、その目は

挙動不審に揺れ、しまいには心が折れている。

長ネギくんが、こけた。

子供たちが爆笑した。

すぐに立てば盛りあがったのに、心が折れたのか、長ネギくんはそのまま「しなっ」

と女座りし鎮座した。子供たちから、

「ばーか！」

「おかまの長ネギ！」

と罵声を浴び、そのままアピールタイムは終わった。立ち上がり、おおきな背を丸めてステージから去っていくとなり町のゆるキャラの背中が、すこし憐《あわ》れだった。

「たいへんだな」大蔵はつぶやいた。

中に入っているとなり町の役所の青年を大変だと思ったのか、こんなことをするしか、行政の立ち行かなくなった町をアピールする方法がない田舎の現状を嘆いたのか、大蔵自身もわからなかった。

そのとき、やっと春雄が到着した。客席の隅にある出入り口のドアのところで、ゴンスケの手を引きながら、満面の笑みでこちらにむかい手を振っている。

「はやく用意せぇ！　はやく！」

大蔵は手の甲ではらい、合図をおくった。春雄は子供みたいに笑顔のまま何度も頷《うなず》き、目を閉じたが刹那《せつな》、拳を天にむかって突きあげた。

春雄は、五秒間静止した。

と、猛スピードで控室へと走っていった。

大蔵は苦笑した。拳を突きあげる暇があったら、そのぶんはやく着替えに行って欲しかった。が、あれが春雄なのだ。春雄というより、大蔵にとっては茂雄《しげお》なのだ。春雄の父、茂雄。二十年前にこの町で亡くなってしまった茂雄ちゃん。町のために躰をすり減らし、町のみんなを笑顔にすることだけを考え、町のために死んでいった茂雄ちゃん。茂雄ちゃんは、大蔵にとって可愛い弟のようなものだった。この町でともに生まれ、育ち、大人になってからは酒を呑《の》んだ。「町をどうするか」、時を忘れ、なんども語り合った。

茂雄ちゃん。

大蔵は、「茂雄ちゃんに会いたいな」と、心の中でつぶやいた。町長になって十年、町はもうすぐ沈んでゆく。大蔵は寂しい微笑《ほほえ》みを浮かべた。弱気になっているのかもしれない。自嘲的に顔を歪《ゆが》ませた。

と、となりに座る、自信満々な男が声をかけてきた。

いまやこの県のヒーロー、夢の町の町長だった。

「いやー、はやく終わりませんかな～、ね、大蔵さん」

とっくに出番が終わった夢の町の町長は、余裕綽々《しゃくしゃく》だった。投票をする観客の子供たちや老人がいちばん飽きない——ちょうど良い順番で出てきた夢の町のゆるキャラ、〈ウサギのピョン子〉ちゃんは、可愛いピンクの着ぐるみの効果もあり、会場を盛りあげた。みなの夢の町への称賛も含め、おおきな拍手をもらっていた。

「もう、こんなパイプ椅子じゃ、腰が痛くて。ねぇ〜？」

ニターっと笑った歯は、異様なほどまっ白だった。夢の町の町長が、インプラントで歯をまっ白にしたという噂《うわさ》は本当だった。大蔵は情けないほど躰をちいさくさせ、

「ほんとですねぇ、はやく終わらないですかねぇ」

と同調しながら、自分はどんなにリベートを貰《もら》っても、歯はこのままにしておこうと思った。それくらい、老人の顔に輝くまっ白な歯は、不自然だった。

「そうだ、そうだ。大蔵さん、来られました？　うちのドリ〜ムタウン」

「ええ……僭越《せんえつ》ながら家内と、視察がてら、はい……」

嫌な話を持ちだしてきた。さっきからこれが話したくてうずうずしていたのを知っている。

「そうですか、そうですか！　いらしていただけましたか、うちのドリ〜ムタウン」

いちいち、「ドリームタウン」と言うとき、英語風になめらかに発音してくることに腹を立てながらも、大蔵は負け犬のような表情で、頭をぺこぺこ下げた。

「で、どうでした？　うちの、ドリィ〜ムゥ〜タウ〜ンは？」

どうもこうもない。ただただ羨ましかった。

夢の町に二年前にできたドリームタウンは、この県いちばんの複合施設だ。広大な敷

地の中に、映画館、ボーリング場、新鮮な肉や魚、野菜の食料品、電気器具、子供連れでも気兼ねなく愉《たの》しめるフードコート……ありとあらゆる生活に必要なものが売られ、愉しめるショッピングモールだった。いまや道半町の住民も、みな車で往復二時間以上かけて、ドリームタウンに行って食料品を買っている。若者が減った原因でもある。若い夫婦の多くが、夢の町へ引っ越し家を構えた。

大蔵は、短いため息をついて机上を見つめた。

まだ、ドリームタウンができた当初は楽観していた。

買い物に行けるのは、車を運転する体力のある中年世代が主だったからだ。車を運転できなくなった老人たちさえ商店街で買い物してくれれば、この町は生きのこれる。生きのこれるだろう、——そんな風に甘く考えていた。

が、現実は違った。

老人たちが、順応してしまったのだ。

夢の町の町長は、どこまでも貪欲だった。道半町唯一の商店街が、ぞくぞくとシャッターを閉めだしていることに気が付いた。気付くや否や、宅配をはじめた。

インターネット注文で、道半町の住民に宅配をするようになったのだ。

〈千円以上のお買い物で、ドリームタウンはどこへでもお届けします〉

野菜、衣服、家電、すべてネットで注文できるようにした。スマートフォンやパソコンが使える世代はすぐに飛びついた。

が、老人たちは敬遠した。インターネットがわからないことよりも、慣れ親しんだ町に侵入してきた新参者を。町を脅かしそうなこの異分子を歓迎しなかった。

しかしそれこそが、夢の町の町長の狙いだった。

まずは、「あんがい、便利だよ」という中年世代までの声を町に拡散させる。老人たちはそれを拒否する。これが肝だったのだ。老人たちはドリームタウンの宅配サービスを、確実に意識してしまった。

すぐさま、新たなサービスが始まった。

〈ご高齢のみなさま　お電話一本で、『白菜』『人参』『豚肉』『下着』など、おっしゃってくだされば、ご用意してお届けします　ご遠慮なくお申しつけください〉

老人たちは、道半町商店街にも困り果てていた。やる気のない店主が増え、店が開いていたり閉まっていたりとままならないのだ。最初は古い考えから宅配サービスを敬遠していた老人たちも、一人が注文すると、一人、また一人と、注文しはじめた。

「ドリームタウンの宅配、便利だで」

町には一気に老人たちの声が拡散された。宅配の便利さを知り、多くの老人たちがドリームタウンに日々の生活用品を電話注文するようになった。

そして唯一の消費者を失った商店街は、ますますシャッターの数が増えた。いまやその閑散とした雰囲気は、目も当てられない。

大蔵は自分の浅はかさを後悔した。

いい歳をして歯をまっ白にさせようが、夢の町の町長には、町をおおきくする技量がある。ビジネスに長《た》けている。県知事を巻きこむ、処世術がある――。大蔵は、自分の才量の無さを、心の中で恥じた。

「大蔵さん」

めずらしく、こんどは眉間に皺《しわ》をよせ、夢の町の町長が小声で話しかけてきた。

「はい」

「……道半町さん、ダムになっちゃうかもしれないんですって？」

驚きすぎて、少ない頭の毛がまた抜けた気がした。

「えっ！　誰に聞きました!?」

「県知事」

……お喋《しゃべ》り県知事め。大蔵は心でつぶやき、いちばん上座に座る県知事を見つめた。

「……まだ、噂レベルの話ですから」

「え？　噂なんですか？　先週、県知事とね、うちの町でいちばんの、ほら、綺麗《きれい》なお姉ちゃんがたくさんいる『スナック　ドリーム』で呑んだんですわ。そしたら県知事、しっかり言ってましたよ。『道半町は、この県の癌《がん》みたいなもんだ。何年後かには、ダムにしちゃえばいい』って。誘致も内々ではじめてるらしいじゃないですか、県知事」

ニターッと、白い歯が笑った。

大蔵は奥歯を噛《か》みしめた。事実だった。

県知事から道半町のダム化の話を持ちかけられたのは、昨年の暮れだ。大蔵はそれだけは避けようと、いまも粘り強く、県知事と必死に交渉している最中だった。

「住民が困惑するので、どうか、ご内密に」

何度も頼んでいたのに、お喋り県知事はこうも簡単に話を漏らしている。それが夢の町の町長にのせられ、酒に酔っての勢いならまだいい。困るのは県知事の本気さだ。たぶん、酒に酔っての戯言《ざれごと》ではない。県知事は来年、選挙がある。あの自己顕示欲の強い県知事のことだ。命尽きるまで県知事をつづけたいに決まっている。そのためには、〈不良債権〉である道半町をどうにか有効活用させ、有権者にアピールするのは目に見えていた。

「ま、困ったことがあったら、いつでも相談してください。アハハハハハハ！」

下品に、自慢のインプラントの白い歯を見せて、夢の町の町長は笑った。

「それでは最後のゆるキャラさんの登場です！　ちびっこのみんな、用意はいいかな～？」

「はーい！」

ステージでは、司会者の女の子が満面のつくり笑顔で喋っていた。

「道半町から来てくれた、〈笑顔くん〉です！」

大蔵は一生懸命に拍手した。

ゆるキャラ県予選がここで開催されたのには訳がある。春雄に頼まれたのだ。ある日春雄は、頭を下げて頼んできた。

「なんとかこの大会は、道半町で開催してもらえるよう県に頼んでくれ！　この大会で町がひとつになりゃ、またみんなもやる気出るかもしんねー！」

熱く熱く春雄は語った。その姿は茂雄ちゃんに似ていた。その熱に押された大蔵は、県知事に禿げた頭を何度も下げ、ようやく開催地は道半町と決まった。

が現実、子供も少なくなったこの町からは、ほとんど観客は来なかった。

狭い公民館の古いスピーカーからドラムロールの音がし、春雄と〈笑顔くん〉がステージに現れた。

観客の子供たちは拍手をやめて、大蔵も唖然《あぜん》とし、口をあんぐりと開けた。

さすがに夢の町の町長も、まっ白い歯をむき出しにしたまま、固まった。

満面の笑顔でステージ中央にやってきた春雄の後ろを歩く笑顔くんは、とても笑える代物ではなかった。躰全体を覆う着ぐるみは明らかに段ボールだった。そして春雄が懸命につくった顔には、やはり段ボール紙で目、鼻、耳、笑う口が付けられていたが、そのすべてがあらぬ位置にあった。特に口はおおきすぎて、口裂け女のようになっていた。

　中に入っているのはゴンスケだろう。

　段ボールの躰は前をむいているのに手足が後ろをむいていた。逆に着てしまったのだ。そのシルエットは、まるで二トントラックにはねられ手足が折れた口裂け女のゆるキャラだった。

　子供たちは、恐怖で硬直した。

　春雄はそれに気が付かないまま意気揚々とマイクを握り、満面の笑顔を客席にむけた。目を閉じ、鼻から気合いっぱい、息を吸いこむ。

「みんなー！　元気ですかー！」

　春雄が握り拳を天に掲げ、叫んだ。叫んだぶんだけ、客席は引いた。

「みんなー！　笑ってますかー！」

　春雄が笑顔をみせるぶんだけ、客席は硬直した。

　でも春雄は、そんな空気に気付かなかった。

「さぁさぁさぁ！　よってらっしゃい、見てらっしゃい！　道半町良いとこ一度はおいで！　さぁ！　みんなも笑顔くんと一緒に、おおきな声で笑おう！　アーハハハハ！　アーハハハハ！」

春雄が両手を広げ、馬鹿みたいな顔をして笑いだした。ほかの町から来た観客の子供たちは、空気が読めずに笑いつづける春雄を見て、「道半町には、もう二度と来ることはないだろう」そんな決意を胸に固めていた。

「いいかみんな！　笑えば明日がやってくるさ！　さ！　俺に負けずおおきな声で笑って！　アーハハハハ！　アーハハハハハ！」

何名かの老人が帰りだした。そのときだった。

笑顔くんの片目が、床に落ちた。

春雄は気が付かず、笑いつづけた。

こんどは笑顔くんの、もう片方の目が落ちた。と、思ったら、鼻も口も落ちた。

幼い子供たちが、泣きだした。

ようやく春雄は、その雰囲気に気が付いた。

と、中に入っているゴンスケが突然頭の部分の段ボールを取って、客席を見た。訳のわからぬ状況に、子供たちは一斉に母親に抱きついた。

最前列の男の子の手に、美味《おい》しそうなお饅頭《まんじゅう》が握られていた。

ゴンスケは、この世でお母さんと春雄のつぎに好きなものは、お饅頭だった。

「おまんじゅうー！　おまんじゅうーくーだーさーい！」

ゴンスケ、いや頭のとれた笑顔くんが客席のお饅頭にむかって走りだした。客席は悲鳴につつまれ、地獄絵図のように子供たちは逃げまどい、ゴンスケはそのまま、お饅頭へと手を伸ばし、ステージから落下した。

そしてもちろんこの大会でも笑顔くんは最下位へと落下した。一位は夢の町のピョン子ちゃんで決まり、大会は幕を閉じた。

✤

道半町公民館の駐車場。春雄は柄にもなく、落ちこんでいた。

春雄は町対抗・ゆるキャラ県予選に、命をかけていたといってもいい。大会で優勝し、県代表の切符を勝ち取れれば、県代表ゆるキャラとして、まず、この県の人々に知ってもらえるチャンスだった。

「うまくいけば、ふなっしーみてぇに、なれたかもしんねーのにな、ゴンスケ」

春雄は下唇を突きだし、青い空を見つめた。うまくいけば、この道半町も全国的な知名度が得られたのではと、春雄は無念でしかたなかった。

ゴンスケがお饅頭を欲しがって客席へと落下したことを責めるつもりなど一ミリもない。ただ、なんで笑顔くんが最下位になったのか、その原因が春雄にはわからなかった。

――こんなに可愛い顔をしているのに。

春雄は地面に置かれた〈笑顔くん〉の頭を撫《な》で、労をねぎらった。ゴンスケは幸せそうに、その脇で地面に腰を下ろし空を見上げていた。

「な、ゴンスケ。なにが駄目だったんだろうな？」

ゴンスケは質問には答えず、ニコニコと笑っている。春雄はそれを見ていたら自分も笑ってしまい、ゴンスケの頭を、「いい子、いい子」と撫でてやった。

と、おおきな影が横切り、となりに並んだ。

「お互い、たいへんっすよねー」

ネギの着ぐるみを着た男が、話しかけてきた。

「あ！　ネギ男さん！」

ネギ男は、頭の部分の着ぐるみを面倒くさそうに取り、春雄に苦笑いした。手に持っていた煙草《たばこ》の箱を指でトントン叩《たた》き、煙草の先に火をつけて、うまそうに吸った。

「ネギ男じゃありませんよ、長ネギくん。あんたの町の……なんだっけ？　笑顔くん？そのおかげでなんとか最下位を脱出した長ネギくんです」

「あー！　となり町の長ネギくん」

「そうです、そうです」

よく見れば、長ネギくんの中に入っている青年は春雄と同い歳くらいだった。春雄はすこし、うれしくなった。自分と違いどこか都会的な匂いがするが、となり町にも同じように、我が町を盛りあげようとする青年がいることに、すこし元気を取りもどした。

「あんたの町、道半町？　ま、みちなかばさんは良いよね。なんかさ、チャチャッと着ぐるみ、つくってる感じが」

「え？」

「段ボールでさ、チャチャッとつくった感じがいいよ。力抜けてるって感じでさ。抜け感っていうのかな」

「力抜いてません！　これ、一年かけてつくりました！　な！　ゴンスケ！」

　ゴンスケも頷く。

「……え？」

　長ネギくんは、絶句した。

「一年です！　いや正確に言うと、一年と二か月十三日かけてつくりました！」

　春雄は満面の笑みで、長ネギくんにダブルピースをした。

　一時間でつくれそうな、こんなデキそこないの福笑いみたいな着ぐるみをどうやったら一年以上もかけてつくれるのかがわからず、長ネギくんは帰りたくなってきた。とにかく、この道半町の変な男とは、あまり関わりたくないなと、煙草の煙を吐きながら思った。

「役所の方ですか!?」

なのにこの男は、満面の笑みで話しかけてくる。人との距離感が異常に近い。

「ちょっと苦手だな……」

長ネギくんは思いながらも、ちょいと愚痴を話せる相手が欲しかったので、付き合ってやることにした。

「ええ、となり町の役所で働いてます。あなたと一緒ですよ。いや、でもほんとに参りますよね……そっちもそうだろうけど、うちの役所も年寄りばっかりで、勝手にゆるキャラで盛りあがったと思ったら、こんなもんつくっちゃって。俺ね、一応言ったんですよ? 『もう、ふなっしーもそんなに人気ないですよ? 地方創生で盛りあげたいなら、こんなゆるキャラで盛りあげるんじゃなくて、もっと建設的なアイディア出しましょうよ』って。なのに田舎の爺《じい》さんたち、馬鹿だから言いだしたら聞かないじゃないですか? で、あげくこんな長ネギの着ぐるみつくって、『きみ、若いんだからこれ着て踊りなさい』って町長直々に命令ですよ。嫌んなっちゃうよな〜。こんなことしても、田舎盛りあがらないっていうの。わかってないんだよ、田舎の爺さんたちは。いやね、ほんとうに田舎の景気をもどそうと思ったら……」

異変に気付いた。

横を見ると、道半町の男が……正拳突きしていた。

「……なにやってんの、あんた？」

「気合入れてます！　気合の正拳突きです！」

「見りゃわかるけど……」

「あなたのおかげで、落ちこんでる場合じゃないって思えました！　だから落ちこんだ自分に活をいれるために、正拳突きしてます！　セイ！　セイ！　さぁ長ネギさん！　一緒に田舎を盛りあげようとする同士！　一緒に正拳突きしよう！　セイ！　セイ！」

「いやです」

「変えられない明日なんて、ない！」

あまりの大声に、屋根に止まっていたカラスが逃げた。

「それと一つ君に伝えよう……俺はあんたと違って……役所の人間ではない！　なにを隠そう！　ザ！　ボランティアだ！」

急に春雄のエンジンが全開になってきた。長ネギくんはただただ、おののいた。

「え？　……ボランティア？」

「おう！」

「ってことは、金も貰わず、そんなもん一年かけてつくってたわけ？」

「当たり前よー！　金？　そんなもん要らねーよ！　俺は町を盛りあげるためならなんでもするぜい！　セイ！　セイ！」

春雄のセイ！　の気合のかけ声がどんどんおおきくなってくる。長ネギくんが吸うことを忘れた煙草の先端から灰が落ちた。

「おい長ネギ！」

「急に呼び捨てにすんなよ！」

「長ネギ、やる前から諦めちゃだめだ」

なにを言っているんだろう、この男は？　と、長ネギくんは訝《いぶか》しんだ。

「別に俺、なにもやろうとしてないよ」

「嘘《うそ》だ嘘だ！　あんたの顔には、『俺、マジでこのままじゃ終われないよ！』ってちゃんと書いてあるよ！　自分に嘘つくな！」

「あのね、正拳突きさん」

「なんだ長ネギ！」

「熱く燃えてるあんたに言っちゃなんだけど、今日の大会、どんなにがんばっても無駄だったたって話よ？」

「セイ！　セ……え？」

その言葉に、春雄の正拳突きが止まった。横で春雄の真似《まね》をして正拳突きしているゴンスケの手も、春雄は止めた。

「え？　む、無駄だったたって、どういうこと？」

「だからー、一位は最初から、夢の町のピョン子で決まってたって話。夢の町の町長が、県知事に裏で手まわして」

「そ……そんな訳ないでしょ！　だって、ゆるキャラだよ!?」

「こんな田舎のイベントこそ政治は政治。ゆるキャラの談合。ほら、見てみ？」

長ネギくんが短くなった煙草の先で示した方角には、ピンク色をした可愛いウサギのピョン子ちゃんが歩いていた。その横には、まっ白な歯をみせて笑う夢の町の町長。その前には——県知事が歩いている。

ピョン子ちゃんは、その手にしっかりと県知事の鞄《かばん》を持って歩いていた。

県知事がハイヤーに乗りこみ、車窓を開ける。ピョン子ちゃんが野太い声で叫んだ。

「遠いところ！　長いお足をお運びいただき！　誠にありがとうございました！」

ピョン子ちゃんは県知事に鞄をサッと渡し、全力でおおきな頭を下げた。

そのながいウサギの耳が県知事の顔に当たり、夢の町の町長に殴られた。

夢の町の町長が、高そうなスーツの内ポケットから封筒をだし、辺りを確認して県知事の手にそっと渡すのが見える。

「知事。これ、ドリームタウンの商品券」

たしかに、夢の町の町長はそう言った。

県知事を乗せたハイヤーは遠くへと消えてゆく。その背が見えなくなるまで、夢の町の町長とウサギのピョン子ちゃんは、高校球児よりも深く頭を垂れつづけた。

ハイヤーが見えなくなると、夢の町の町長は急にふんぞり返り、

「もっと可愛く飛べよ、手前《てめえ》」

と、急に大会のアピールタイムのダメ出しをはじめ、ピョン子ちゃんのお尻を蹴っ飛ばした。

「すいません！」

ピョン子ちゃんは着ぐるみに似合わぬ図太いおっさんの声で謝り、こんどは町長の鞄を持たされ、うなだれながら去っていった。

春雄はその光景を、呆気《あっけ》にとられ見つめるしかなかった。

「な？　これが現実。ご苦労さん」

長ネギくんはひょいと灰皿にとっくに吸い終わった短い煙草を投げ入れると、あくびをしながら去っていった。

✤

「なんか悪いな……いつも春雄とゴンスケにばっかり、がんばらせちゃって」

ってている。大蔵町長はピックアップトラックのハンドルを握りながら謝った。後部座席には大会を終えた春雄とゴンスケを乗せ、荷台には春雄の自転車を載せて、田んぼのあぜ道を走

「なに言ってんの町長！　これからこれから！　俺、なんとかこの町もう一回、元気な町にすっから。仕事終わったらまた夕方商店街で唄うし。明日はほら、念願の町コンもあるし！」

大蔵は春雄の笑顔が、痛かった。

春雄はゴンスケとふたり、道半町青年団を十年前につくってくれた。過疎化するこの町にどうにか人を呼びもどそうと、さまざまな活動をしてくれている。この間の農業ガールプロジェクトも春雄のアイディアだ。面倒くさがる農家の連中に頭を下げ、やってきた人たちが暮らすアパートも春雄が見つけた。不動産屋に家賃の交渉までし、役所の人間に「必要性」を必死に訴え、一年間は町が七割まで負担することを決めさせた。

だがやはり、上手《うま》くはいかなかった。

春雄を責めるつもりはない。責められない。いまやこの道半町で、明日のために動いている人間は、春雄とゴンスケしかいないのだ。いや、ゴンスケは実質アイディアも出せなければ活動もできない。ただ春雄に寄りそい、天使のように笑っているだけだ。でもゴンスケの穢《けが》れのない笑顔が、すこしでも春雄の足しになっていれば良いなと、大蔵

は心の中で願った。

「でもな、春雄。あんまり無理しねーでいいぞ。おまえにはおまえの人生があんだから」

　春雄の笑顔を見ていたら、つい本音がもれた。でも春雄はくじけない。

「駄目だよ、町長！　俺この町に恩返ししねーと。だってほら、俺、ちっちゃいころに母さんも父さんも死んじゃったじゃん？　商店街の人たちに、育ててもらったようなもんだもん！　その商店街がさ、いまじゃ廃墟《はいきょ》みたいだよ。ほとんどシャッターは閉じて、お客さんも歩いてねーで。なんか、商店街の人たちもさ、死人みてーだ」

「若い奴、いねーしな」

「このままじゃ、ほんとにこの町は終わる……若い奴は都会へ出てく。のこったもんには、働く場所も、やる気もねぇ。町長……ほんとにこの町がダムになったら、どうすんだよ」

「耳に入ってんのか？」

「役所のお喋り部長の鍛冶《かじ》さんに教えてもらった。でも言っといたよ。『そんなこと町の人間が聞いたら動揺するから、絶対に漏らしちゃいけねー』って」

　春雄はこういうとき、機転が利く。

　馬鹿だが、本能的に誰かが傷つくことに敏感なのだ。それは春雄の優しさからくる機転だと、大蔵は認識していた。

たぶん春雄がフラれたであろう、ミキちゃんにしてもそうだ。あの子は傷ついていた。だからこの町へ来たと言っていた。歓迎会でミキちゃんの口から、「婚約者に浮気され、職場に居場所もなくなり、逃げてきた」と聞いた瞬間から、春雄の顔が変わった。スイッチが入ってしまったのだ。「助けなければ」と。

春雄の「好き」は、愛しているの「好き」ではない。ミキちゃんは、とても頭のいい優しい子だった。そのことに気付いていたはずだ。とにかく春雄は人が傷つくのが嫌いなのだ。許せないのだ。悲しむ人間をつくるのが、世界でいちばん嫌いなのだ。

「だからよ、町長！　俺どうにかして、この町もういちど盛りあげてーんだ！　むかしみてぇに、活気のある商店街にしてさ！　若い奴も、爺さんも婆《ばあ》さんも、みーんなが笑って明るく住める町にすんだよ！　そのためにはさ、まずは働ける場所つくんなきゃ！　それで他県からでも移住してくれる人、探さなきゃ！　魅力ある町にしてよ！」

「ありがとう……心強い」

大蔵は泣きそうになった。そのときだった。めずらしく春雄が、すこし困ったような、子供のような顔をして、訊いてきた。

「あのさ、町長、いっこ訊きてぇんだけど……」

「なんだ？」

「今日の大会……夢の町のピョン子が一位って決まってたなんて……ないよな？」

大蔵はキュッとハンドルを握りしめた。

「……噂よ～、うわさ！」

「だよなー！　そんなことあるわけねぇ！　そうだ！　ゴンスケ！　なんでおまえお饅頭我慢できなかった～！」

春雄がまた満面の笑顔にもどり、ゴンスケの躰をくすぐりはじめた。ゴンスケは春雄にくすぐられて、二十五歳のその躰を目いっぱいうれしそうによじらせ、大声で笑いつづけた。

「アハハ！　アハハ！　ぼく、おまんじゅうがまんできませーん！　アハハハハ！」

じゃれ合うふたりをバックミラーごしに見ながら、大蔵は春雄に嘘をついた自分を恥じた。

そのときだった。

もっと恥ずかしい男が、細い田んぼのあぜ道をむこうから走ってきた。

佐吉だった。

「パラリラパラリラ　パラリラパラリラ」と改造バイクのホーンを鳴らし、天まで届きそうなほど長い金髪のリーゼント。

どうやったって怖く見えないのに、大蔵にガンを飛ばしながらむかってくる。

生意気に、特攻服の下に白い晒《さらし》まで巻いている。そう言えば数日前、深夜のテレビ放送で菅原文太の任俠《にんきょう》映画をやっていた。きっとそれを観て影響されたのだろう。

大蔵は仕方なし、軽トラを停めた。道をゆずってやっているのに、佐吉もバイクを停めた。眉を寄せ、懸命にガンを飛ばしてくる。

「オレ、人生経験つんでるッス」

みたいな顔で。本当はまだ女の子の手も握ったことがないのを、町の誰もが知っている。

大蔵はため息をついて、キーコーキーコー、レバーを回して開けた窓から顔を出した。

「おい。どげー、邪魔だー。車通れねーべー」

「どがねー！　この道はストリートセンターのもんだ！」

「馬鹿。この道は山田さんの土地だ！　いいからどけ、佐吉！」

すると佐吉が顔を真っ赤にして叫んだ。

「佐吉って呼ぶんじゃねー、ジジイ！　その恥ずかしい名前でオレのことを呼んだら、このあぜ道に埋めんぞ！」

あぜ道に埋めるという脅し文句が、田舎のもの悲しさを表していてなかなか憎い。

「わかったから、いいからどけ」

「どがねーって言ってんだろ！　ストリートセンター初代総長佐吉さまにたてつくと、

手前のその禿げ頭に油性マジックですこしだけ髪の毛書いてやるからな！」

「なにがストリートセンター初代総長だ！　その暴走族、メンバーおまえ一人じゃねーか！」

佐吉は、急に黙った。大蔵はつづける。

「それに呼ぶなって言っておいて、自分で初代総長『佐吉さま』って言っちゃってんじゃねーか！　この阿呆《あほ》たれが！」

佐吉は頭の中で言葉が見つからないのか、下唇を突きだし小刻みに震わせはじめた。

「うるせー！　うるせー！　うるせーバーカ！」

佐吉が、般若《はんにゃ》のように顔を怒らせ、バイクのエンジンをかけ直すためにキックした。キックした。キックした。でも免許を取り立てなので、上手くかからなかった。仕方がないのでバイクから降り、手で押し歩きだした。

春雄がトラックから降り、叫んだ。

「オーライ！　オーライ！」

満面の笑顔で、バイクを押す佐吉を応援しはじめる。

「うるせー！　春雄！」

夏の太陽をぞんぶんに浴びて、リーゼントの隙間から汗がながれる。

「いーぞ、佐吉……おまえも一人でがんばってんだな」

春雄は感動のあまり、目を潤ませ拳をふるわせた。

「うるせー！　だから佐吉って呼ぶな！　嫌《きれ》えなんだよ、その名前！」

「いいか佐吉、覚えとけ。『いまおまえがかいているその汗は、いつかおまえの人生に花を咲かせる大事な肥料』だ……だからかけー！　たくさん汗かけー！」

春雄の大声に驚いた佐吉は、バランスを崩しバイクを倒しそうになった。

「声がでけーんだよ！　おめーは松岡修造か！」

「オーライ！　オーライ！」

春雄はなにも話を聞かず、満面の笑みで手信号をはじめた。

と、春雄が佐吉の顔をまじまじと見つめた。

「……佐吉、おまえ泣いてんのか？」

「お！　ほんとだ！　おまえ、目、真っ赤じゃねーか」

大蔵までも気が付いた。すると春雄が、また叫びだした。

「いいじゃねーか！　涙！　涙！　涙！　『おまえがながすその涙は……いつかおまえの人生を潤す大事な肥料になるだろう！』泣けー！　泣け佐吉ー！」

「泣いてねーよクソたれが！　だいたい涙が肥料になるわけねーだろ！　田んぼに塩分撒《ま》いてみろ！　根が腐るぞ！」

「あったま良いなー！　佐吉！」

佐吉の答えに感動した春雄は、バイクを押す佐吉の背中をバシバシと叩き、「おまえは将来、東大だ！」「ノーベルなんとか賞も、夢じゃない！」とさわぎだした。春雄が佐吉の背中を叩くたび、少年のリーゼントが揺れた。

「クソ……こんな町……いつかこの盗んだバイクで出てってやる」

「なーにが、盗んだバイクだ。知ってんぞ？　おまえ、そのバイクちゃんとバイトして、ためたお年玉も追加して、うれしそうに夢の町のバイク屋で買ってたじゃねーか」

大蔵が笑いながら言った。

「うるせー！　こんどそれ言ったら……縄で縛って、無人駅に放置すっかんな！」

なんとかバイクを押し、ピックアップトラックの横をすり抜けた佐吉は、必死にバイクのエンジンをかけ緩やかなスピードで去っていった。何度か行き先を横切る牛に邪魔されながら、大声で尾崎豊の「十五の夜」を唄いながら田んぼのあぜ道を走っていった。

「さ、行くか春雄」

大蔵が口をひらくと、春雄は高校時分からずっと着けているカラフルな腕時計を見て、「やべっ！」と叫んだ。

「どうした？」

「いや、コンビニのバイトの前によ、サクラ婆ちゃんの家行かなきゃいけなかったんだわ！」

「ん？」

春雄がお尻のポケットからあわてて出して見ている、いつも持ち歩くメモ帳を大蔵はのぞきこんだ。そこには、
○サクラ婆　「薬を飲む時間　忘れてしまう」
と書いてあった。サクラ婆さんは血圧が高い。旦那も死に、育てあげた子供たちも都会で働くサクラ婆さんは、一人で暮らしていた。そのような老人が、この町には大勢いる。春雄はこんな婆さんの薬を飲む時間まで一日のスケジュールに入れて、日々生活しているのか。

ふと見ると今日の予定だけでも、トメ婆「庭の手入れ」コマメ婆「タンスの整理」カズ爺「膝のリハビリ」ハジメ爺「髪の毛　切ってやる」チサト婆「思い出話　聞く」……ありとあらゆる老人たちの頼みごとや願いごとが、そのちいさなメモ帳に書きこまれていた。

――すまねぇな、春雄。

大蔵が心の中で詫《わ》びてから見ると、春雄はもう、さっさと荷台から自転車をおろし、いつものようにゴンスケを後ろに乗せ、あぜ道を走っていた。

道半町青年団と書かれたのぼりをなびかせて、風のように走っていた。

✤

雪は、苛《いら》ついていた。なんでこうも役所というのは融通が利かないのだろう。融通が利かないのはまだしも、ダラダラと、やる気なさそうに、面倒くさそうに、覇気がない感じで、相手の目も見ずに淡々と日々の業務をこなしてゆく。せっかちな性格の雪には、この世の地獄の一つと言ってもいい場所だ。実家に荷物を置き、母にすこしの嫌味を言われ、そそくさと家を出て役所に到着したのはお昼過ぎ。住民票の移動と花の転校の手続きをするだけで、二時間もかかってしまった。そこで帰ればよかった。だが役所に隣接するハローワーク道半町を目にして、飛びこんでしまったのだ。

ここがまた混んでいた。

まさかこんなに、田舎の、ど田舎の……生まれ育った町を悪く言うのはなんだが、とにかく家の玄関に鍵もかけぬちいさな町のハローワークが、こんなに混んでいるとは思わなかった。ようやく「渡會《わたらい》さん」と名を呼ばれたのが午後三時。この町にもどってきた初日からのこの躓《つまず》きに、雪は心底自分を嘆き呪い、苛ついた。

「おまたせしました〜」

太ってやる気のなさそうな男の職員が、パソコン画面を見ながら業務的なあいさつで迎えた。

　その前にドカン、と腰を下ろした雪は、後方のソファーで携帯ゲームをしている花をチラッと見据え、はやく仕事を見つけてもらわねばと背をただした。

「どんな仕事、ご希望かな～」

　……のんびりとした口調に、腹がたった。

「モデルの仕事」

　売られてもいない喧嘩《けんか》を買って、こんな田舎にあるはずもない職種を希望してしまった。

「もでる？」

「……そう、モデル。東京でやってたから。東京でね」

　雪は、のんびりとして太った職員をこらしめたくなり、東京をアピールした。どうも離婚してから、男に対する対抗心が強くなってきている。

「へぇ～、東京でモデルさんか～、すごいね～、あんた、綺麗だもんね～」

「ありがとう」

「名前は？」

「……渡會……雪」

　この職員は、近所で見たことがない。が、油断できない。こちらが知らなくても、むこうが覚えていることもある。「渡會さんとこの、雪か」とだけは、バレたくない。どうせ出もどってきたことが知られるのは時間の問題だが、みっともなく、いい歳をして仕事を探すいまだけは、気付かれたくなかった。

「どんな、もでるさんの仕事が良いの？」

カチャカチャとパソコンのキーボードを叩きながら、のんびりと質問してくる。

「なんでもいいわよ。ま、こんな田舎、雑誌のモデルはないだろうけど、それっぽい感じ？　それっぽいモデルの仕事あったら」

と、職員は「東京のモデルさんも、たいへんだね〜」とパソコンの画面を見ながら、ニヤニヤしはじめた。

あわててのぞきこむと、画面一杯に雪の姿が写っていた。

「もう、尿漏れなんてこわくない!!　最新お出かけ用　尿漏れショーツ！」

——二十二歳の仕事にあぶれたモデルが、精いっぱい笑顔をつくりながら、ベージュの尿漏れショーツを穿《は》いてポージングしていた。

「な……なに勝手に見てんのよ！」

「勝手にって、あんたが『モデル』だっていうから、どんな仕事してたんだろうなってよ。しかし……その歳で尿漏れは、はえーな。へへへ」

「漏れてる訳《わけ》ないでしょ！　これは仕事よ！　仕事！」

「東京のモデルさんもたいへんだな」

「いいから早く探してよ！　モ……モデルの仕事！」

「こんな田舎にモデルの仕事あるわけねーでしょ？　だいたい天下のユニクロも店だしてくれねーような町だよ？　そんな町にモデルの仕事あるわけねーでしょ。だいたいね、うちの母ちゃん『ユニクロ安い！』って車で往復二時間以上かけて夢の町まで買いに行くんだけどさ、ガソリン代考えたら、ユニクロ安くないからね」

　職員はそう言うと、爪を嚙みはじめた。

「……スーパーの、チラシのモデルでも」

「ない。商店街行ってみろ。シャッターしか見えねぇぞ？」

「八百屋の……チラシでも」

「あったとしても、生憎《あいにく》野菜の写真でいっぱいです。茄子《なす》の横に、モデルさん写ってたら変だろ？」

「あんた、さっきから喧嘩売ってんの！」

　しびれを切らした花が、となりにやってきた。

「ママー、お腹すいた～。サイゼリヤ行きたい～」

「そんなもん、こんな田舎にはない！」

「サイジェリーアってパッチもんの店なら夢の町にあるぞ？」

「うるさい！　いいから仕事探して！」

怒鳴った瞬間、職員は口を広げに広げ、雪の顔をまじまじと見た。

「モデルの仕事あった⁉」

「あ……あんた、渡會さんとこの雪か」

バレた。

「この間よ、町内会の寄り合いで、『渡會さんとこの雪が、東京で旦那にたらふく浮気されてもどってくる』って、噂になってたわ」

「さっき運転手のヤジさんも言ってたわ。『渡會さんとこの雪、帰ってきたぞ』って」

通りかかった六十近いおばさんの職員が、背中をぼりぼりと掻きながら去っていった。

だから嫌だ。こんな田舎、嫌だ。

花が、愉しそうに雪の肩を叩いた。

「ママ！　田舎ってネットよりも情報早いね！」

✤

とにかく太ったおじさまの職員に、雪は道半町の現実を教えられた。雪が出て行った十八歳のころより、「断然、この町はきびしい」こと。「働く場所がない」こと。それでも都会にも出られず、なんとか近隣で働き場所をもとめる人たちは、しかたなく車で往復二時間以上かけて夢の町まで行っていること。

予想はしていたが、予想をはるかに超え、この町は衰退していた。

「まずい」

雪はふたたび、役所の中を歩いた。背中に嫌な汗をびっしょりとかいていた。役所に充満する、古いクーラーの冷気でシャツが冷たくなってくる。この先、この町でどうやって花を育てればいいの——そう思ったときだった。

雪の耳に、女の怒声が飛びこんだ。

明らかに放送禁止用語を叫んでいる。

「ファック！　ファック！」

酒にやられた野太い男のような声。でも女だ。かすかにキーが高い。誰かに叫んでいる。その方向を見て、度肝を抜かれた。

安そうなチリチリのパーマをかけた髪の毛を、赤・橙《だいだい》・黄・緑・青・藍・紫の七色に染めている。そんな、なんとも縁起の良さそうな虹色の髪の女が、机を挟んで座る役所の人間に中指を立てている。足を組み、豪快に口を開け、クチャクチャとガムを嚙みながら。

その女のとなりには、たぶん花と同い歳くらいの女の子が母親と同じように、ガムをクチャクチャと嚙みながら役所の職員を睨《にら》んでいる。その子は髪の毛を虹色にはしていなかったが、長い髪をこまかく編みこみ、後方にオールバックでひっつめていた。まるで幼いヒップホップダンサーのような塩梅《あんばい》だ。ふたりはお揃《そろ》いの真っ黒いジャージを着ていて、まるで外国映画に出てくるギャングの親子みたいに見えた。

「だからね矢島《やじま》さん……お願いだから、生活保護取り下げてよ。うちも県からさ、色々突っこまれてんのよ」

かろうじてこの役所では若い部類に入りそうな男の職員が、矢島というらしい女を説得している。

「あ？　じゃあよ、こんな田舎でどうやって暮らせっていうんだファック野郎？　これ見えねーのか？　扶養しなきゃいけねー小っちぇえガキが一匹いんだぞ、このファック野郎」

娘も応戦する。

「知ってっか!?　わたしみてーな小っちぇえガキ育てんのに、年間最低五十万はかかんだぞ、この野郎！」

職員がなんとか怒りを堪《こら》え、諭す。

「そう言ってもさ、矢島さん。働いて、税金おさめてくれないと。キララちゃんだって、お母さんがちゃーんと働くとこ見たいよな？　じゃないと、君だって将来、『どんな仕事しようかな～』ってときに、わからなくなっちゃうよな？　そうだ！　キララちゃんは、将来なにになりたいの？　お花屋さんかな？　パン屋さんかな？」

キララという花と同い歳くらいの女の子が、ガンを飛ばしながら職員に顔を近づけ、迷うことなく答えた。

「倖田來未《こうだくみ》」

職員は天井を見上げ、白目になった。

その後も矢島早苗《さなえ》と呼ばれるレインボーヘアーの母親は、「生活保護止めて働けっていうならよ、この町にも夢の町みてーに、デッカいショッピングモールつくれこの野郎！」と叫び、コーンヘアーの幼い娘は、「芸能プロダクションもつくれ、この野郎！」と参戦し、母親は、「知ってか!?　うちのガキ、夢の町のドリームタウンがデッカすぎて、最近までディズニーランドだと思ってたんだぞファック野郎！」と訳のわからぬクレームを叫び、娘も「『ミッキーマウスはどこですか？』って店員にきいて、恥かいた

んだぞこの野郎！　精神的ダメージうけたぞ！　賠償金はらえこの野郎！」とクレームをさらに上書きした。延々と親子で、

「ファック！　ファック！」

と叫びつづけ、ほぼ精神を崩壊させられた職員が手の甲ではらい、親子はガムを噛みながら大股のがに股で、ようやく役所をあとにしていった。

雪は、再び度肝を抜かれた。中指を立て放送禁止用語を連発し去ってゆく親子にではない。

その親子たちの後方に列をなし、屯《たむろ》している人々の多さにだ。

プレートを見ると、「ご相談窓口」となっていた。矢島という親子が帰ったあと、職員が次の番号を呼んだ。なのに、誰も席を立たなかった。職員も慣れた様子で、お茶を飲みはじめた。

ざっと見回しても、四十人ほどのこの町の人間が、やる気もなく、ただ項垂《うなだ》れ、背を丸め、時がたつのを待つような姿で座っていた。ある者は眠り、ある者は笑いもせず、なにかを話していた。町にあった唯一の総合病院が潰れたと、さっき母から聞いた。どこかで見た風景だと思ったら、それだった。行く当てのない群れが、希望もなく集まっている。

雪は、笑えなかった。ゾッとした。

「明日は我が身なのだ」

と、この町の現実を、強烈にこの身に焼き付けられた。

✤

雪は久しぶりに、道半町商店街を歩いた。懐かしかった。なぜだか、涙が出そうになった。

うれしかったからではない。もうあのころの商店街は、そこにはなかったからだ。

商店街はグレー一色に染まっていた。商店街の閉じられたシャッターの色だ。あんなにも賑《にぎ》わい、商店の呼びこみの声がお祭りの出囃子《でばやし》みたいに聞こえ、買う人、売る人、みんなが知り合いで、和気あいあいと世間話をしながら、のんびりと笑っていた商店街は、もうそこにはなかった。

風が吹いた。足元になにかが飛んできた。「気が向いたら、開け〼」と書いてある八百屋の貼り紙だった。長い時間貼られつづけているのか、紙の色はくすんでいた。劣化して手触りもザラザラとしていた。二百メートルある商店街を見つめると、そこはむかし父が連れて行ってくれた映画館で観た、西部劇に出てくるような寂しげなゴーストタウンだった。

――もう、この町に働く場所なんてない――

視線を感じた。

娘の花が、心配そうに見上げていた。と、急に満面の笑顔になった。

「ママ！　この町すごいじゃん！　なんかさ、妖怪とか出てきそうだね！」

愉しそうに笑った。

「わたし、あんがいこの町、好きになるかも！　だってテレビ観なくても、妖怪ウォッチに逢《あ》えそうだもん！」そう告げると誰もいない、閑散とした商店街を走りだした。

八歳の娘が、不安そうな母親を見て勇気づけている。

そのことを恥じ、でも行く末の見えない未来への恐怖に怯《おび》えながら、雪は花のあとを追った。

聞き覚えのある声が、聞こえてきた。その声は唄っていた。声質のけっして良くない、しゃがれ声。音程が決して上手に取れない、その唄声。

春雄だった。

春雄が商店街の真ん中で、ミカン箱の上に立ち、唄っていた。

唄っているけれども、スピーカーも、アンプもなく、ただちいさな右手に簡易的なマイク、マメカラを持ち、その中に内蔵したカセットテープからながれるオケを頼りに、唄っている。

ミカン箱の横には、あのころと変わらぬママチャリが置かれていた。さらにその横には、手作りのベニヤの立て看板も立っていた。

「みんなでこの町を盛りあげよう！　道半町ファミリーコンサート」

と、春雄のきたない筆字で、力強く書かれている。

春雄はミカン箱の上で、満面の笑みで、あいも変わらず全力で、演歌を唄っていた。

観客席には、ふたりの老婆とゴンスケが座っていた。

「ゴンスケ」

雪はうれしくて、その名を呼んだ。十二年ぶりに会ったゴンスケ。雪より五つ下だから、二十五歳になる。ゴンスケは生まれつき自閉症という障害をもっていて、ちいさなころからずっと、雪と春雄の傍《そば》にいた。東京へ行って十二年——最初は春雄なんかのことより、ゴンスケが気になって気になって、雪はしょっちゅう手紙を書いていた。

「ゴンスケ、元気？　わたしも元気にやってるよ」

「ゴンスケ、春雄と仲良くやってる？　東京でおいしいお饅頭見つけたから、送っとくね」……。

ゴンスケはいつもその手紙を春雄や母に読んでもらい、字が書けないかわりに何色もの綺麗な色を使って絵を描き、返事をくれた。

でもいつからか、東京の忙しさにのまれ、上手くいかないモデル稼業にくじけ、打たれ、雪は手紙も止めてしまった。

ゴンスケは二十五歳という大人なのに、なんの穢れもないその目で、うれしそうにお饅頭を片手に、春雄の唄声を聞き、見つめ、愉しそうに笑っている。

「ママ、あの唄ってる人、誰～？」

「シー」

雪は口に人差し指を当て、しばし見つめた。春雄が、たった三名の観客のリクエストであったろう、都はるみの「アンコ椿は恋の花」を唄い終わる。そして百六十五センチしかないちいさな躰いっぱい息を吸い、背を反らして、お婆ちゃんたちに叫びはじめた。

「元気ですかー！　みんな、笑ってますかー！　みんな、生きてますかー！」

観客のお婆ちゃんが力なく、

「旦那、先週死にました」

とつぶやく。

春雄は、その声が聞こえていない。人を勇気づけることしか頭にない春雄は、とくに唄っているときは、妙なモードにむかしから入ってしまうのだ。

春雄はつづける。

「元気があれば、なんでもできる。そのためにはまず、『笑うこと』だよ！　さ、今日も道半町商店街のために唄うぜ！　どんなに今日が暗くとも、未来は俺たちの手の中にある！　届け！　俺の唄ど真ん中にーー！」

そう叫ぶと、春雄はちいさなマメカラの再生ボタンを押した。

ちいさく、ちいさく、下手くそなアコースティックギターの音源が聞こえてきた。

すぐに、「春雄が弾いているギターの音だ」と雪はわかった。腐るほど聴かされた春雄のギターと、唄声。一時期はうっとりと……その唄とギターを聴きながら、あの春雄の肩に！　頭を載せ、目を閉じていた思春期のわたしの黒歴史。

「まだ、あいつ曲なんてつくってるんだ」雪は心の中でつぶやいた。

下手くそなギターのイントロ中、春雄は「これは、昨日俺がつくった『はじまりの唄』って曲！　みんなに元気だしてもらって、笑って欲しい曲！　明日に希望をもって、むかって欲しい曲！」と、ゴンスケを含めたたった三人の観客に叫んだ。

と、二名の十代の若者が、偶然に商店街を歩いてきた。春雄の目が、パッと輝く。

「お！　若者よ！」

若者が、満面の笑みで指をさされ、不機嫌そうに足を止める。

「おー、おー、おぅ！　良い目だ！　『同じ若人として、ともに明日をつくってこーぜ！』ってエールが、ガンガンこの俺の胸に響くぜ！　若者よ！　こんどは俺がおまえらにエールを送る番だ！　行くぞ……」

春雄が目を閉じ、鼻から目いっぱい息を吸いこみ、叫んだ。

「がんばれー!!」

若者たちは表情ひとつ変えず、冷めた瞳で春雄を見つめた。

「おい、マメカラ」

「おう！」

「おまえががんばれ」

「おう！　がんばる！」

「おい、マメカラ」

「おう！」

「ウザいぞ」

「サンキュー！」

馬鹿にされているのに、人を応援して変なモードに入っている春雄にはあたたかな声援としか聞こえない。春雄は、マメカラを巻きもどし、〈はじまりの唄〉とやらを全力で唄いだした。速いテンポの、なかなかキャッチーな曲だった。

♪今　立ち向かう時だ　握りこぶしで

目の前にある扉　叩け！　叩け！
ほら　同じ空の下　飛び出して行こう
誰も間違ってないよ

……ラーララー　ラララリラー
……ラーララ　ラララリラー

……曲の冒頭を唄い終わったとたん、残りの部分の歌詞は決まっていないのか、まさかの「ラララリラー」の連発だった。歌詞もできていないのに唄いあげる春雄の根性には恐れ入るが、それよりも「ラララリラー」を永遠と、メロディーに乗せ唄いつづける春雄の感性は、常人の理解の範疇《はんちゅう》を超えていた。

「なにも変わってないわ……あいつ」

雪がため息をつくと、花が「もっと近くで見たい！」と言いだしたので、「あぶない人あぶない人！　あんたにバイ菌うつる！」と無理に手を引き、春雄と反対の方角へ、逃げるように歩きだした。

二百メートルほどの、道半町商店街。どこまで歩いても、春雄が全力で唄う、ほぼラララリラーの歌詞の〈はじまりの唄〉は、雪の耳に聞こえてきた。雪はどんどん歩き、春雄の唄声はちいさくなっていったけれども、その上手くもないけれど、ただ全力で唄う春雄の唄声は、まるで雪の心のど真ん中に、土足で踏みこんでくるように、入りこんできた。唯一できている歌詞の部分が、雪の心をざわつかせる。

♪誰も間違ってないよ

いま、こんな歌詞を聴いてはいけない。必死に前をむいて立ちむかおうとしているのに、働く場所もなく、この町に出もどってきてしまったわたしは、この歌詞を聴いてはいけない。

春雄は純粋だ。純粋とは、不純の反対語だ。

もう不純にまみれながら、それでもなんとか生きていかなきゃと思っているわたしは、こんな歌詞は聴いてはいけないのだ。この歌詞を受け入れた瞬間、負ける気がした。泣いてしまう気がした。だから春雄に、この町に帰ってくることは、決して言わなかった。

「誰も　間違ってない」

そう繰り返す春雄の唄は、忘れることにした。

とにかく、まだ、春雄には会ってはいけない。

会ったら、わたしは泣いてしまう。

そう思いながら、必死に花の手を引き歩いていると、さきほど春雄に暑苦しいエールを送られた十代の若者ふたりが、横を通り過ぎて行った。

「くじけねーバカって、ウザいな」

「さむいよ、サムイ」

そう馬鹿にしたように笑いながら、その子たちは去っていった。

雪はその言葉を聞き、「蹴っ飛ばしてやろうか」と、思った。

春雄はいまだに、雪が誕生日にあげた腕時計をしていた。

この町に売っていなくて、雪が夜行バスに乗り買いに行った、黄色いＧ－ＳＨＯＣＫをまだ右手に巻いていた。十年以上も前の物だ。もう色も剝げて、傷んでいた。

「あいつの悪口を言っていいのは、わたしだけだ」

雪はそう思いながら、グレーに染まった商店街を歩きつづけた。

【ピンチは、チャンスか】

町対抗・ゆるキャラ県予選の敗北から、一週間がたった。

午前五時。敗北しようが今日も、道半町の空に真夏の太陽が浮かぶ。

春雄は気合を入れるために、自宅のちいさな玄関の前に立っていた。トランクス一丁の姿で乾布摩擦しているのだ。

春も夏も秋も冬も、雨の日も風の日も嵐の日もフラれた日も、春雄は毎朝太陽と闘い、乾布摩擦をするのが日課だ。

真冬の太陽が午前五時に昇るなら、春雄は午前四時五十分に起床する。

真夏の太陽が午前四時に昇るなら、春雄は午前三時五十分に起床するまでだ。

今日も燃える男は真夏の太陽に、勝った。

今日が八月十七日なので、今年も元旦から朝の太陽に二百二十九勝ゼロ敗だ。二百二十九勝、ゼロ敗。「ゼロ敗」という響きが、春雄にはなんとも格好良く感じられた。

――男は太陽に負けてはならぬ。

春雄はその信念の元、三十年間生きてきた。死んだ父、茂雄の受け売りだ。

春雄は躰《からだ》を手ぬぐいで擦《こす》りながら、「町おこし」の秘策を考えていた。だがあまり名案も浮かばぬまま、かれこれ一時間は早朝の真夏の太陽の下、乾布摩擦しつづけている。百六十五センチの躰はふり注ぐ太陽と摩擦によって、真っ赤に燃えていた。

ちいさな荷車を押しながら、今日もトメ婆《ばあ》が春雄の家の前を散歩している。

「春雄、おはよう。今日も元気じゃな」

「おう！　おはよう！　今日も元気だ！　トメ婆！　なんか困ったことねーか！」

「今日はねーな。強いて言うなら、朝からおめーが元気すぎて、やかましいくれーじゃ」

トメ婆が春雄の真っ赤になった躰を見て笑う。春雄はなおも笑顔で、日課の正拳突きをはじめる。

「それは諦めろ！　俺から元気がなくなったら五秒後に死ぬ！　セイ！　セイ！　とにかく困ったことあったら、いつでも言ってくれ！　俺は夜のお月さんが沈むまで眠らねーし、朝の太陽が昇る前には起きている！　いつでも連絡しろい！」

「もっと寝ろ、馬鹿たれが――」

苦笑いして、トメ婆は自宅へ帰っていった。

春雄は交互に拳を突きだしながら、先日行われた試合の敗北の原因を考えていた。

試合とは、町に住む独身男性のために開いた、町コンのことだった。

いまにも死亡しそうな道半町の衰退の原因の一つに、「若者がいない」という大問題があった。若者が町から減れば、当然、結婚する人口も減る。結婚する人口が減れば、将来町を担うべき「子供」の数も減る。そうなるとのこった人間がいずれ天へ召されれば——自動的にこの町は終わる、という悪魔の方程式になるわけだ。

春雄はずいぶん前にテレビのバラエティー番組で観た、「田舎町で町コンを開催し、お見合い形式で相手の男性を気に入ったら田舎に嫁いでもらう」というコーナーを思いだし、役所をまきこみ実行した。幸いにも、

「道半町へようこそ！　来たれお嫁さん！　愉《たの》しくファニーな町コン大会！」

と銘打たれた町コンには、他県から五名もの女性の応募があった。

そして道半町の精鋭——五人の男子が選ばれたのだった。

しかし、結果は「ゼロ勝五敗」であった。敗北の原因は明らかだった。

まず町コン会場が、商店街にある「ミート　ミツワ」の店前だったこと。

春雄は肉屋のミツワに頼みこみ、夕方六時から、店先に簡易的なテーブルとパイプ椅子を置かせてもらい、町コンを行った。

しかし、開始早々、他県から来た女性たちの顔は曇りだした。

「なんで町コンなのに、居酒屋とかでやらないんですか？」

「みんな潰れてしまって、居酒屋はないんです」

説明すると、女子たちはこの町の現状に気が付き、一気に態度が悪くなった。

なんとか現状を打破しようと、春雄たちはやれることはすべてやった。
○参加男子メンバーの自己紹介
○参加男子メンバーの、特技披露のアピールタイム
○参加男子メンバーの、加入している生命保険の金額告白タイム
○春雄の唄のショータイム
が、会が進めば進むほど、女子たちは携帯電話を弄《いじ》りだした。

そして場を曇らす要因が、もう一つあった。

ミツワの妻だった。

ミツワから「巨大豚」と呼ばれる推定百二十キロの妻・恵美子は、三百六十五日、店の前にパイプ椅子を置き、眠る。飯を食うかトイレへ行くかする以外は、たいていそこで眠る。この日もいくらミツワが「中に入れ」と言っても、春雄とゴンスケが躰をくすぐっても起きなかった。町コンが行われている間じゅう、ずっと大いびきをかきながら眠っていた。「巨大豚」と旦那に言われる躰のため、いびきも強烈だった。引っこみ思

案な町の五人の男衆がなんとか女子に質問をしても、蚊の鳴くような声はミツワの妻のいびきにかき消された。

そして次の原因が致命傷だった。

——この町の精鋭部隊は、平均年齢五十歳だった。対する、スーパービューティー女子軍団は二十代だ。

話が合うわけがない。が、がんばる男が一人いた。どうしても嫁が欲しいと公言する、五十二歳の虎二だ。町でいちばんのおしゃれボーイを自認し、「ブティック　おしゃれ」を経営する虎二が、肩まで届くサーファーカットの髪をかきあげながら必死に質問した。

「君が着てる、ゆったりめなシャツ？　いいよね。流行をとらえてるね」

タイプの男がいなくて苛《いら》ついていた女が、虎二のファッションを上から下まで舐《な》めまわすように見た。

「おじさんの着てるヒッピーファッション的なそのベルボトム。それ、狙い？」

虎二は言葉を失った。虎二は裾が扇子のように広がるベルボトムを穿《は》いていた。「ベルボトムのジーパンは世界一格好いい」と思っていた虎二のハートは木っ端みじんに砕け散った。以降一言も話さずに、あたりめをしゃぶりつづけた。

そして、残りの男衆の頭皮も不味《まず》かった。春雄も懸念していたのだが、五人のうち、四人がハゲだった。春雄は髪の毛がある虎二を中央に座らせ、なんとか若い女子がいやがる「ハゲ四人衆」の頭を目立たせない作戦を取ったのだが、これが仇《あだ》となった。毒舌な女が会も中盤、男衆の頭を端から端まで指で指しながら、こう言った。

「ハゲ、ハゲ、普通、ハゲ、ハゲ」

女は、虎二にこう言った。

「オセロだったら、あんたもハゲだな」

——あたりめをしゃぶる、虎二の手が止まった。

左右を固めるハゲ四人衆が、冷たい視線を虎二に浴びせる。

春雄は、「ダメ……ダメだ……」と、虎二に小声でつぶやいた。

が、とうに心が折れ、結婚の見込みがないと悟った虎二は、その手を肩まで届く長い髪の頭頂部に伸ばした。そして一気に外した。

虎二はカツラだった。

男五人の中で、いちばんハゲていた。

ハゲ頭にわずかな希望をのこした、雨だれのような弱々しい数本の髪の毛しかのこっていなかった。女が呆《あき》れて酒を呑《の》みほし、

「ハゲオセロ完成」

と言って会は終わった。

女子たちが帰ったあと、虎二は「もう、無理だ、春雄」と言いのこし、商店街にある「ブティック　おしゃれ」へ引きあげていった。老人相手のももひきや、下着しか売られていない、なにもオシャレではない店だ。ほかの四人の中年男子たちも自嘲的な苦笑いだけをのこして、それぞれの家へ帰っていった。

春雄はこの苦い敗北を頭に浮かべ、真っ赤になった躰にまっ白なTシャツを着て、家の中へともどっていった。

✤

古い、古い、春雄が一人で暮らす一軒家。

春雄の父がその親たちから受け継いだ一軒家だ。一軒家といっても木造の平屋だ。どんなに手入れをしてもガタがきている。網戸の立て付けは悪いし、廊下を歩けば、みしみしと音をたてる。古い壁にはところどころ穴があき、すきま風だって入ってくる。でも春雄はこの家が大好きだった。父と母がのこしてくれた家。死んだ父と母の匂いがのこる家。

春雄は仏壇の前に座った。笑っている、父と母の遺影がそこにある。遺影の中で笑っている父は、世界でいちばん強い人だった。やさしい人だった。明るい人だった。誰よりも人を勇気づけ、笑顔にする人だった。

春雄の父は、背がおおきい。身長は百八十七センチもあって、この町いちばんの大男だった。対して母は、背がちいさい。身長は百五十センチほどだったそうだ。春雄のちいさな身長は、きっと母親ゆずりだ。でも、やはりやさしく、生まれ育ったこの町と人を愛し、夫を愛す——とても綺麗《きれい》な人だったという。

春雄には、あまり母の記憶がない。

春雄が三歳になったころ、病気で死んでしまったのだ。「胸がすこし苦しいね」と言ってから、わずか一か月たらずで天国に行ってしまったそうだ。だから春雄は、母の匂いを覚えていない。笑っている美しい母の顔も、遺影のなかの印象しかない。むかし、こんなことがあった。小学生のころ、親友の家へ泊まらせてもらった。お風呂に入れてもらって、裸の春雄に親友のお母さんが、その家の寝間着を貸してくれた。

とってもいい匂いがした。

なんだか、やさしくて甘い匂いが寝間着からした。春雄が不思議そうに匂いを嗅いでいると、親友も寝間着に顔をうずめ、

「お母さんの匂いだ」

といった。「お母さんが洗濯した匂いだ」と。

あくる日、春雄は家へ帰り、ひきだしにしまってある自分のパンツの匂いを嗅いでみた。それは「父さんの匂い」がした。女の人でなく、男の、ごつごつとしたおおきい手で、必死に洗ってくれた匂いがした。すこし、洗濯粉がのこってツーンと薫る感じ。そのことを仕事から帰ってきた父に言うと、父の茂雄はしばし、

「う〜ん」と腕を組んで考え、眠った。

翌朝、春雄が起きてくると、台所に女の人が立っていた。

「お母さん!?」

春雄は寝ぼけまなこを擦りながら、目を見開いた。と、台所に立つ母が振り向いた。

「おはよう！　春雄！」

おおきな声で、おおきな背中で振りかえったのは、茂雄だった。

茂雄は、そのおおきな躰に、誰から借りてきたのか、ピンクのフリルのワンピースを着ていた。サイズが合わなくて、いまにも破けそうだった。顔には、真っ赤な口紅を引いていた。しっかりとおしろいも塗られていた。ご丁寧にアイラインまで入れて、オカマの演歌歌手みたいな顔になっていた。そして、春雄を見て笑った。

「大丈夫だ！　父さんだって母さんの匂い、だせるぞ！」

そう言って、いままで使ったことのない柔軟剤を、台所の銀色のたらいの中にいれ、

せっせと春雄の寝間着とパンツを、洗ってくれていた。

春雄はフリルのワンピースを着ている父が、とてもおおきな躰の女の人になってくれた父が、うれしくて、おかしくて、泣きながらおおきな声で笑った。

と、茂雄は春雄よりおおきな声で笑い、こう言った。

「笑えば明日がやってくるさ。おはよう春雄。サブイボマスクだ」

そして、シンクに置いていたマスクを取ると一気に頭に被《かぶ》り、まるで力道山のように両手を腰にやり、力強く、笑った。

茂雄は、この町のみんなを笑顔にする、サブイボマスクでもあった。


道半町は、むかしむかし、炭鉱町として栄えていた。しかし時代が流れ石炭に用がなくなると、炭鉱はつぶれ、働く場所もなくなり、人々はどんどん町から消えていった。町に出稼ぎにきていた人々は去り、飲食店も日用品を売る店も、みな立ち行かなくなった。のこった道半町の住民も、自棄《やけ》になり、酒を呑み、ときに暴れ、暴れる元気もなくなると、こんどは死人のようにやる気を失った。眠り、また夜を越え、朝になり、それでもダラダラと、日々の生活を繰り返していた。

大蔵町長は酒に酔うと、

「これが道半町、最初のピンチ」

と幾度となく春雄に話し教えた。

そんなとき、町を救ったのが、春雄の父、茂雄だったそうだ。

町長の大蔵は、いまでもあのときを忘れないという。

ある夜、町長の家のチャイムがなった。眠い目をこすり玄関を開けると――そこに、おおきな男が、鶏のトサカがついた、まるで鶏の頭のようなマスクを被り、腰に手をやり立っていた。それは紛れもなく茂雄だった。驚く町長に、茂雄は言った。

「町長。俺は今日から、サブイボマスクになる」

「この町がいまだに立ち直れないのは、町に住むみんなの、心が死んでいるからだ」

「心が死ねば、魂も死ぬ。魂が死ねば、人は明日を信じなくなる」

「俺は、今日から『この町を救いに来た、謎の覆面レスラー　サブイボマスク』として、町に感動をとりもどす」

「みんなの心に……感動の鳥肌、サブイボを立たせる」

「俺に任せろ町長……こんばんは、サブイボマスクだ」

茂雄は高校生のとき、レスリングの日本代表のギリギリまでいった選手だった。高校を出ると家を支えるため、迷いなく炭鉱仕事についた。力持ちの茂雄にはうってつけの仕事だったし、なにより仲間たちと懸命に汗をながし働く時間が、大好きだった。やがて炭鉱がなくなると、田畑を耕しなんとか生計を立てた。やる気を失っていく町民をしり目に、近所の老人たちの世話もかってでた。そんな中、茂雄は必死に、この町の元気をなんとかとりもどそうと、日々考えつづけていた。

　そんなある夏の日、パッ！　とお天とさんが昇る前に天命がひびいた。

「感動をとりもどせ」

　茂雄の心に、神のお告げにも似た言葉が降りてきた。

　茂雄は神の声に導かれるまま一心不乱に、マスクをつくった。なんども慣れぬ針で指から血を流しながら、イメージしたままマスクをつくった。感動とは、みんなを笑顔にさせること。笑顔になるほどの感動とは、相手に鳥肌を立たせること。

　その言葉を呪文のように唱えつづけ、三日三晩眠らずに、鶏の頭をしたサブイボマスクをつくりあげた。それはまっ白なマスクに、真っ赤な生地でつくったトサカがついていて、顔の部分にある目元は、茂雄が針で流したその血で、偶然にも真っ赤に燃える目になった。

　それからは毎週土日になると道半町商店街にプロレスのリングをつくり、闘った。最初はリングと呼べる代物ではなく、ただ商店街の真ん中に、縄でできた硬いロープを張り巡らせただけだった。その囲いの中で、硬い地面相手に、なんとか声を掛け、応じて

くれたアマレスラー相手に、謎の覆面レスラー、サブイボマスクとして闘った。最初は町の人間に、

「馬鹿なことしとる」

と笑われ、

「茂雄は、気でも狂ったのか」

と、揶揄《やゆ》された。が、懸命に闘う茂雄ことサブイボマスクの姿を、町のみんなは徐々に観にくるようになった。

やがて、毎週土日の夜に行われる祭りのようになった。そして、闘いつづける茂雄のマスクはぼろぼろになった。と、若かりし大蔵や町の有志がお金を出し合い、本物のプロレスラーが使う特注品のマスクをつくってくれた。エナメルでつくられた鶏のトサカ。茂雄が針で指をさし血を流しながら、偶然真っ赤になったその目の部分も、赤い豪華なエナメルの生地で、真っ赤に燃える目につくりあげてくれた。

そして、町の有志はオリジナルのデザインをほどこしてくれた。

真っ赤に燃えた両目の下に、水色の生地で、流れる涙をほどこしてくれたのだ。

茂雄が、

「これは……」と訊《き》くと、町の有志は、

「感謝のしるしだ」と、照れくさそうに微笑《ほほえ》んだ。

まるで道半橋の下にながれるおおきな川のように、この町のみんなが、

「みなながした涙で、道半川はおおきくなった」

という伝説のように、サブイボマスクの両目の下に、ながれる川のような涙を、縫いこんでくれたのだ。

マスクをプレゼントされた茂雄は、たいそう喜んだ。そして町の人々は変わっていった。笑うことを思いだした。となりの人間とふれ合うことを思いだした。誰かが、

「商店街の店、もういちど開けてくんねーかな」

と言いだした。靴屋が店を開けた。すると靴下を売る洋品店も店を開けた。町の人口も減り、たいした儲けにはならなかったが、みな続々と、商売を再開した。

「ここは、俺たちの町じゃないか」

と、盛りあがり、感動し、元気になり、人々は笑い、またどうにか明日へとむかい、道半町はピンチを逃れたのだ。


春雄は、何度も大蔵や町の老人に聞いた父の話を、仏壇の前で思いだした。父と母の遺影の間に飾られた、サブイボマスクを手に取る。

「父さん……俺になにができる」

ふと、弱気な一言を漏らした。

春雄はサブイボマスクを遺影の間へもどすと、自分の頬をピシャン！　と両手で叩《たた》き気合いをいれた。そしてふーっと息をつき、壁を見つめた。

年季の入った砂壁には春雄が和紙に墨で書いた、春雄の誓いの文が所せましと貼られ埋め尽くされている。

「道半町を盛りあげる！　目指せ！　町おこし！」

「若者を、この町に呼びもどす！」

「商店街と町に、俺は恩返しする！　するまで、死なねぇ！」

「とにかく、がんばる」

「がんばってだめでも、がんばる」

「くじけそうになったら、正拳突きして吹き飛ばす」

「諦めないで！　Ｂｙ　真矢みき」

「絶対に、泣かない」

「一日、一名言」……

春雄が考えたありとあらゆる格言と目標が、尊敬してやまない、松岡修造のおおきなポスターとともに貼ってある。

そして、その紙よりもっとおおきく、この家の壁にドン！　と掛けられた、異様な存在感を示す掛け軸がある。

それは、茂雄が死ぬすこし前、まるで自分の死を悟っていたかのように、茂雄が春雄の前で書き記したものだった。

春雄は目を閉じ、鼻で目いっぱい空気を吸いこむと、しずかに目を開け掛け軸を見た。

『甚平家　家訓
悪口を言わず、
みんなに優しく、
みんなを笑顔にする人間が、
最強。　父　茂雄』

「甚平家　家訓……悪口を言わず、みんなに優しく、みんなを笑顔にする人間が、最強……」春雄は毎日くりかえし読む、父がのこした家訓を口ずさんだ。

そして父の写真を見て、つぶやいた。

「約束守ってんぞ、父さん……でも、『みんなを笑顔にする』が、上手《うま》くいかねーけどな」

春雄は誰もいない部屋で、すこし本音を吐露した。

「いかん！　いかん！」ともう一度頰を叩き、「よし！　道半町、最強ー！」と雄叫《おたけ》びをあげ、春雄は自転車に乗り、ゴンスケを迎えにいった。

春雄は真剣な顔でペダルを漕《こ》ぎ、思った。

泣いている暇はない。

この町を、救わなければ。

父さんのように。

父さんは、泣かなかった。

あの一度きり、以外は。

三歳ほどの記憶だから、おぼろげだ。

だが春雄は、その残影を、匂いを、父の言葉を、しっかりと覚えている。

あれは母さんが病気で死んで、その数日後の、お葬式。

この町にむかしからある、ちいさなお寺で行われたお葬式。

町のみんなが、来てくれた。

父さんは、疲れた躰を引きずりながら、気丈にみなに挨拶していた。

が、最後に、母さんが入った木でできた棺桶《かんおけ》の、蓋がしまる、そのときだった。

「いかないでくれ！　いかないでくれ！　いかないでくれ！」

ワンワンワンワン、人目もはばからず、父さんはおおきな躰で泣いた。

みなが「もうやめろ」と言っても、おおきな手で振り払い、死んだ母さんの入った棺桶を抱きしめ、ワンワンワンワン、子供みたいに父さんは泣いた。

母さんが入った棺桶に、釘《くぎ》が打たれるとき、

「やめろ！　釘打つな！　そんなもん打ったらこいつが出られんじゃないか！」

と泣き叫び、葬儀屋の持つ釘を床にぶちまけ、おいおい泣いた。

町のみんなも町いちばんの大男が背を丸め天に吠《ほ》えながら泣き叫ぶ姿を見て、泣いた。

父さんはその顔に、涙を嵐のように流しつづけ、躰の中にあるぜんぶの涙がなくなるまで、泣きつづけた。

そして、母さんがお墓の中にはいった数日後。

父さんは不器用に、台所で今晩のおかずをつくるために慣れぬ包丁を握っていた。そしてしくしくと仏壇の前で泣く、俺に振り返り、言ったんだ。

「春雄、泣け。泣きたいだけ泣け。母さんの思い出が、匂いが、おまえの躰の中にちゃーんと入って、ぜったいに逃げないようになるまで、泣け。そして春雄、俺はおまえに約束する。父さんはもう、絶対に泣かない。なにがあっても、泣かない。愛するおまえを、笑わせつづける。笑えば明日が、やってくるんだ。だからおまえは、いま悲しいな

ら、泣きたいだけ泣け。父さんがその涙をぜんぶ飲み込んで、いつか笑わせてやる」

父さんは、満面の、まるで太陽みたいに明るく燦々《さんさん》とした笑顔を俺に見せて、おおきな太い大根を切りながら、俺に、笑ってくれた。

その日から、本当に父さんは泣かなかった。

自分が死ぬ、瞬間まで。

だから俺も、くじけてる場合じゃない。

みんなを笑わせるんだ。そしてこの町に恩返しするんだ。

春雄は、全速力で、自転車のペダルを漕ぎつづけた。

✤

「春雄、新聞見たか?」

町長が電話してきたのは、それから数週間後のことだった。その間も、春雄はどうにか町のみんなを盛りあげようと、商店街で自作の唄を唄っていた。リクエストにこたえ、演歌だろうが浪曲だろうがなんでも唄った。観客は相変わらず、ゴンスケを入れても三名ほどだが、それでも週に五回はミカン箱のステージで唄い、すこしは爺《じい》ちゃんも婆ちゃんも笑ってくれた。が、なにかもっと笑わせる方法はないものかと、春雄が考えあぐねていた昼の時間。大蔵が電話してきたのだ。

春雄は商店街から自転車で二十分ほどの処《ところ》にある、この町唯一のコンビニ、花丸商店で働いていた。

「なによ？　新聞って」

「どうせ客も来んじゃろ。いいからはよ、役所こい、春雄」

町長のただならぬ声に、春雄はゴンスケを自転車の後ろに乗せ、猛スピードで役所へとむかった。役所へ着くと、あいも変わらず明日を諦めてしまった者たちが、やる気のないヌーの群れのように座り屯《たむろ》している。春雄は眉間に皺《しわ》をよせた。

……今日は、いつにも増して多い。立って呼ばれる順番を待っている者もいる。五十人近く、いるのではないだろうか――そう春雄は思い、遊びたがるゴンスケの手を引き、町長室へ駆けこんだ。

「……なによ、これ」

春雄は町長から渡された今朝の新聞を見て、絶句した。

一面におおきな見出しで、とんでもない記事が載っていた。

「道半町　二年後にはダム化か⁉　県知事、かく語る」

――（以下、県知事）それについては、否定も肯定もできません。だいたい、誰が道半町をダムにするなんて言ってるんですか？　わたしはすくなくとも、そんな話聞いたこともありません。ただ、ただですよ？　道半町にかぎらず、過疎化し、商店街も成り立たなくなってきた町をこのままなにもせずにやり過ごすのは、たとえば県知事のわたしが医師とするなら、現代医療に置き換えても医療放棄といえるでしょうね。たとえば誰が言っているかしらないが、道半町にダム化などという噂《うわさ》がたっているということは、言葉は乱暴だがその町が、病気にたとえれば癌にかかっているようなもんなんですよ。末期癌。だからそういう噂も立つ。切迫しとるわけです、現状が。その癌をね、ただ乱暴に外科的手術をすればいいのか、はたまた緩和ケアのように楽に死なせてあげるのか。これ現代医療の治療方針の悩みといっしょでね、難しい問題ですよ。普通の県知事だったら、どうでしょう？　まず責任とりたくないから、外科的手術はしないでしょうね(笑)。でもわたしは、医療放棄は罪だと考えてます。救える命は、救わなきゃならん。これがわたしの政治的理念でもあります。だから、たとえばですよ？　仮にどこかの町が立ち行かなくなっていたとしたら、そのときダムにして延命できるなら、長生きさせる道を選ぶかもしれませんね。だって、ただでさえ我が県は高齢者が多いんですよ？　みんな長生きさせなきゃ！　それが、有権者のみなさんに大切な一票を入れて頂いた、わたくしの使命だと認識しています。わたしは、患者を見捨てませんよ！

ゆるキャラ県予選で、夢の町の町長から商品券を受けとってご満悦の顔をしていた県知事が、眉間に皺をよせ、力強く、さも「みなさまのことを絶えず考えております」といわんばかりのしたり顔で記事の横に写っていた。明らかにこの記事は、来年の選挙に備え懇意の新聞社にあえて書かせた、県知事側から有権者へのアピール記事だろう。

——わたしは、患者を見捨てませんよ！

超高齢化し、さまざまな不安を抱えるこの県の有権者に訴えるには、かっこうの決まり文句だ。町長は力なく、「やられたわ」と、つぶやいた。

馬鹿な春雄にもわかった。この記事が、道半町に引導を渡していることを。

「町長、道半町がダムになるの、決定なのか？」

「いや、まだわからん。県知事も新聞の反応見るはずじゃ。朝から何度も電話してるが『外出してます』の一点張りで取り次いでくれん。おそらく知事室で夢の町の町長あたりと、今後の策ねっとるんじゃろ」

「……もし、この町がダムになったら」

「みんな、バラバラじゃ。どうやって水の底に、住む」

「町長！」

「みんな……ほかの町に移住させられる。ひとつの町でこの町すべての住民を受け入れるのはさすがに無理だ。夢の町は景気が良いから、いちばん受け入れることになるだろうが。ま……夢の町の町長はやり手だ。受け入れる代わりに、県知事からよいお土産《みやげ》を貰《もら》うくらいは当然するだろうがな」

大蔵はなかば諦めたように、ぬるくなった茶を口にした。春雄は、顔を真っ赤にして怒鳴った。

「みんな……てんでバラバラに住むっていうのか」

「あぁ」

「どうすんだよ！　まだ数少ない若い奴《やつ》はいいよ！　知らない町行っても、どうにか慣れて暮らしてくだろう！　でもよ、年寄りはどうなる！　年寄りが、急に知らん町ほうり出されて、近所の爺さん婆さんとも離れ離れにさせられて！　そんなとこでどう生きてく！　喋《しゃべ》り相手もいなくなんだぞ！」

大蔵は目を閉じた。春雄は落ち着け、落ち着けと自分に言い聞かせ、町長を見つめた。

「墓はどうすんだ、町長」

大蔵が声を絞りだす。

「墓は……それぞれが骨持って、暮らすことになった町に持ってけばいい。死んだ人間、ダムの底に沈める訳にいかんだろう」

「町長……」

「諦めるなよ」と、春雄はとても言えなかった。町長は、これでも闘ってきた。いまもきっと、闘っている。なにか考えなくてはいけない。もう、この町に時間はないのだ。

春雄は策が浮かばない足りない頭を、何度も何度も叩いた。大蔵は黙って、頭を抱えている。春雄はゴンスケの手を引き、町長室の扉を開け飛びだした。

✤

春雄はゴンスケを後ろに乗せ、油の足りない自転車をキィキィいわせながら全力で漕ぎ、商店街へとむかった。

ゴンスケが何度も「道半町、最強?」と訊いてきたが、いつもみたいに「最強」とは、答えてやれなかった。

商店街に着く。

いつにも増して、このシャッターが閉まった二百メートルの商店街が暗くよどんで見えた。肉屋のミツワが、辛うじて店を開けている。

「おじちゃん」

「良いんじゃねーか、それで」

ミツワは、春雄がまだなにも言っていないのに、先回りして答えた。

「良いって、おじちゃん……」

「春雄。潮時だ。物事には、潮時ってもんがある。諦めろ」

そう言って、もう何年もコロッケを揚げることの無くなったフライヤーをポンと手で叩き、店前で眠る目を開けぬ豚を一瞥《いちべつ》すると、店の中へ入っていった。

春雄は急いで、「ブティック　おしゃれ」の虎二の店に行った。虎二は、いつものベルボトムを穿き、いつものヒッピーファッションに身をつつんでいた。虎二はおしゃれだ。七個のカツラを、月火水木金土日と、毎日被り分ける。今日はＧＩカットのカツラを被っていた。

「虎二さん、新聞読んだか？」

「あぁ、読んだよ」

虎二は、老人用のももひきをハタキで叩きながら、春雄の顔も見ずに答えた。

「虎二さん！　この町ダムになんかしちゃいけねーよ！　俺たちが生まれ育った町だぜ！　爺ちゃんや婆ちゃんたちも生まれて死んでった町だぜ！　俺よ、とりあえず署名運動しようと思ってんだ！　すこしでもこの町の声が、お偉い県知事さんたちに届けば、考え直してくれるかもしんねーー！」

「春雄！」

めずらしく、虎二が声を荒らげた。そのＧＩカットのカツラで叫ぶと、アメリカの兵士が子供を叱っているようだ。虎二は一転、悲しげな顔をした。そしてゆっくりと春雄を諭した。

「春雄……諦めろ。この町は、もう死んでる」

春雄は黙って、虎二を見つめた。

「俺の毛根と一緒だ」

そう言って虎二はカツラを取り、禿《は》げ頭《あたま》をみせた。

春雄は、その死んだ毛根たちを見て、それ以上なにも言えなかった。

✤

その日の夜。

自宅に帰った春雄は、いつものように、ゴンスケに晩御飯をつくってたべさせ、お風呂に入れ、躰を拭いてやり、ゴンスケのいちばんお気に入りの「大きなかぶ」の絵本を五回読んでやった。ようやくゴンスケはうっつらうっつら、布団で眠りだした。

もう、どうして良いか、わからなかった。

両親が生きていたころから時を刻む、古い壁掛け時計の秒針の音が聞こえる。

チッ、チッ、チッ。壁掛け時計の秒針が、まるでこの町の死へとカウントダウンをしているように聞こえる。

「どうすりゃいい……」

春雄は壁を見つめた。春雄が書いた、誓いの文が虚しく目にはいる。「道半町を盛りあげる！　目指せ！　町おこし！」「若者を、この町に呼びもどす！」「この商店街と町に、俺は恩返しする！　するまで、死なねぇ！」「諦めないで！　Ｂｙ　真矢みき」「とにかく、がんばる」「がんばってだめでも、がんばる」

今日だけは真矢みきの言葉も、嘘に聞こえてきた。いや、諦めちゃならねー……考えるんだ。考えるんだ……。

そのときだった。

「春ちゃん」

ゴンスケに呼ばれた。

ゴンスケは、布団の中でうつぶせになり、春雄を見て笑っている。

もう一度ゴンスケは春雄の名を呼ぶ。せっせと手を動かしている。

「はーるーちゃん」

絵を描いていた。ゴンスケは絵を描くのが大好きなのだ。いつも、寝るときも布団の小脇に、画用紙と何色ものペンを大事そうに置いて眠る。

ゴンスケは、せっせせっせと、絵を描きつづけた。

そして最後に赤色のペンで、バーッと、上のほうを塗り付けた。

そして布団の上に起きあがると、描き終わった画用紙を自分の顔にあて、不器用に、愉しそうに叫んだ。

「さぶいぼますくです！」

ゴンスケは、サブイボマスクの顔を画用紙いっぱいに描いていた。「サブイボマスク」と、赤子が書いたみたいな字で、名前も書いてあった。

「ゴンスケ……」

春雄はその光景を見つめた。

「こんにちは　さぶいぼますくです」

ゴンスケが、笑う。

「みんなが笑えば……明日がきっと、やってくる……さ？　アハハハハハハ！　サブイボマスク！　サブイボマスク！　アハハハハハハハ！」

ゴンスケは幼いころに見ていたサブイボマスクの決まり文句を不器用に真似《まね》て、笑った。その自分で描いたサブイボマスクの画用紙を顔にあてたまま、家中を走りだした。

「ウワー！　ウワー！　サブイボマスク！　ウワー！」

ゴンスケが愉しそうに叫んでいる。「ウワー」は、商店街で毎週行われていた、サブイボマスクの試合を観ている町の住民の歓声を真似しているのだと、春雄はすぐにわかった。

春雄は、急に目の前が、白くなった。

なんだかとても不思議な、宇宙からのエネルギーがこのおんぼろ屋敷に入ってきたみたいだった。温かで、まばゆい、まっ白い光たちが、春雄の視界をつつみ、〈あのころ〉に連れて行った。――「ウワー」という、町のみんなの愉しげな声が聞こえる。


商店街が見えた。

商店街の真ん中に、プロと同じ、立派なリングがある。

その周りには、町中の人が集まっていた。

子供もいる。その親もいる。そのまた親の、爺さん婆さんもいる。

まだ髪の毛のある、町長と虎二さんもいた。

ミツワのおじちゃんとまだ痩せていて綺麗な奥さんが、額に汗をながしながら、必死に、フライヤーの中で大量のコロッケを揚げている。そのコロッケを買うため、まるで祭りの出店のように、ミツワのおじちゃんの肉屋の前には、たくさんの人が列をなす。

ほかの町からもサブイボマスクの噂を聞きつけ、たくさんの人が観に来て歓声をあげている。

春雄は不思議な夢想のなかで、幼き自分とゴンスケを見つけた。

まだ十歳の春雄と五歳のゴンスケは、いちばん最前列の特等席で、サブイボマスクの試合を応援している。

サブイボマスクが、おおきなおおきな、百九十センチはある双子のレスラーに、蹴られ、ぶたれ、ロープに投げとばされ、ダウンした。

と、ヒール役の双子レスラーの片一方が、レフェリーの頭をチョップした。

レフェリーが、リングに倒れる。

「ずるいぞ！」

観客たちが、双子レスラーに叫ぶ。ヒール役の双子レスラーは、レフェリーが倒れているすきに、もう意識も絶え絶え、負けが決まりそうなサブイボマスクに最後の攻撃をする。サブイボマスクはリングから起きあがれぬままだ。

観客は叫ぶ。

「がんばれー！　がんばれー！　サブイボマスク！」

「起きろ！　立ちあがれー！　サブイボー！」

幼き春雄も叫ぶ。「父さーん！　負けるなー！　起きろー！　起きろー！」

と、ぼろぼろにやられたサブイボマスクが、ゆっくりとリングに起きあがる。

闘い、傷ついた背中からは、汗が湯気のように立ちあがり、神々しくさえ感じる。サブイボマスクの試合は、毎回パターンが決まっている。必ずサブイボマスクが、自分より強い相手と闘い、やがてやられ、リングに倒れピンチになる。

いてもたってもいられなくなった観客たちが叫ぶ。立て、立ってくれと。

そして、サブイボマスクはぼろぼろになりながら、リングで立ちあがり、口上をはじめる——。

「みんな……笑ってるか？」

サブイボマスクが、息も絶え絶え、つぶやく。

観客は、静寂につつまれる。サブイボマスクは、つづける。

「俺は……笑ってるぞ」

そう言い、観客席に振り返ったサブイボマスクは、マスクのない口の部分から、ニコッと笑う口元を見せる。観客は息を呑み、そのサブイボマスクの笑っている口元を見て、なおも次の言葉を待つ。

サブイボマスクが肩で息をしながら、一人ひとり、すべての観客を見つめ、話しはじめる。

「……この町で生きてくださる、みなさん。生きていれば悲しいこと、辛《つら》いこと、たくさんある。すべてが思い通りになるわけじゃない」

観客がその言葉に吸いこまれる。

「でも、辛いとき、悲しいとき！　君が笑えば、悲しい誰かにきっとその笑顔が伝わる！　笑顔の伝染だ！」

立ち行かない日々に苦しむ観客たちの中からは、涙をながす者もあらわれる。サブイボマスクはつづける。

「いいか！　笑うことは感動なんだ！　すなわち！　心が動いている証拠!!　心が動けばなんでもできる!!　みんな笑え!!　笑ってるかーー!!」

観客たちが一斉に立ちあがり、「笑ってる！」「笑うぞ！」と、泣きながら拳を天に突きあげる。そして、最後の決め台詞《ぜりふ》がやってくる。

サブイボマスクは、ニヒルに、力強く、そして優しく口元に笑みを浮かべながら語るのだ。

「笑えば明日が……やってくるさ」

「ウオー!!」

観客が一斉に拳を天に掲げる。

サブイボマスクは走りだし、相手レスラーに最後の力を振り絞り、闘い、やっつける。

ようやく起き上がったレフェリーが、

「ワン！　ツー！　スリー！」

と、リングを叩く。

町内会の人間が、待ってました！　とばかりに、試合を終える鐘をカンカンカン！

と鳴らす――この鐘の音を聞き、歓声は今日いちばんのものとなる。

「ウオー！　サブイボー！」

「感動したー！」

「明日も俺、がんばって仕事すんぜー！」

「なにが不景気だ！　そんなもん俺たちで吹き飛ばしてやるー！」

「サブイボー！　ありがとーう！　ありがとーう！」

「俺も笑うぜー！　人に優しくすんぜー！」

勇気をもらった観客たちが各々に叫ぶ。サブイボマスクは両の手を腰にやり、ぐんと胸を張り、みなにポーズを取る。そして、最後に叫ぶのだ。

「サブイボ、立ってますかー！」

みなが笑顔で唱和する。

「立ってるー！」

そして最後の最後に、サブイボマスクは叫ぶのだ。

「感動の鳥肌は……最強ー!!」

春雄は、ゴンスケの手を引き家を出た。むかう場所は、なにも考えずとも足が導いた。春雄は、なおも思いだした。あのころの町を。サブイボマスクのおかげで、ピンチを脱した町を。

試合が終われば、いつも商店街のリングの周りで、大宴会だった。そっとマスクを脱いだ父さんが現れる。大人はもちろん、いや、大多数の子供たちも、サブイボマスクは茂雄だと、知っている。でも、みな、あえて、

「お！　茂雄ちゃんどこ行ってたんだ!?」

なんて軽口を言いながら、父さんをむかえる。父さんは満面の笑みで笑いながら、みなの元へ歩いてゆく。その宴会には、いままで闘っていた相手レスラーも毎回加わり、それは愉快な宴会だった。町の住民は日々の疲れを笑いとばし、酒を呑み、笑い、相手の肩を叩き、笑い、また明日への英気をやしなった。

でも春雄は覚えている。

いつも、みなの元へ歩いてゆくときの、父の姿を。

父さんはいつも、みんなに気が付かれぬよう、足を引きずっていた。

町に炭鉱がなくなり、衰退しそうになったときから、サブイボマスクとして闘いつづけた。最初はリングもなく、ただ硬い地面に何度も投げ飛ばされ、その躰はぼろぼろになった。でも町の人々が盛りあがりはじめると、商店街のみんなはシャッターを開け、営業を再開し、町に人がもどった。そのことがうれしい父さんは、サブイボマスクだけは絶対に辞めなかった。やがて商店の人たちが、みなで力を合わせ、本物のマットが敷かれたプロレスリングをつくった。そこからは、週末の夜になるとみなでリングを運び、

道半町商店街のど真ん中に設置し、サブイボマスクの試合を観た。でも十歳の春雄が記憶する父さんは、いつも、長年闘いつづけ痛んだその足を、バレないように引きずり、歩き、みなの輪の中に入っていった。

そのときも痛いはずなのに、父さんは誰よりも明るい笑顔で、みなと話していた。

あの日も、日曜日だった。試合を終えた父さんは、いつものように春雄とゴンスケの手を引き、笑顔で家路についていた。十歳の春雄には、自慢の父さんだった。町のみんなから愛され、勇気を与える父さんが、世界でいちばん輝いて見えた。

「父さん！　今日も格好良かった！」

「こら、春雄。いまは父さんじゃない。サブイボマスクだ」

マスクをつけながら歩く父さんは、笑った。

「変なの。だって父さんじゃん」

「いいか春雄？　このマスクを被っている間は、父さんは町のみんなを笑顔にさせるヒーローなんだよ」

その言葉が格好良くて、笑顔がまばゆく見えて、春雄は、

「ぼくも大人になったら、サブイボマスクになりたい！」

と叫んだ。父さんはそれを聞き、うれしそうに、しかし子供の春雄にすこし諭すよう

に、こう言った。

「そうか、春雄は大人になったら、サブイボマスクになりたいか。それはうれしいな。でもな、春雄。人を笑顔にさせるのは、なかなか大変だぞ？　どんなに痛くても、苦しくても、辛いことがあっても、まず自分が笑顔でなくちゃ、みんなは笑わない。できるか？」

父さんは優しく微笑んだ。春雄は、

「できる！　だってぼくは、サブイボマスクの子供だ！」

と、父さんを真似て、ちいさな手を握り、星のうかぶ夜空に突きあげた。

父さんは、「うれしいなあ。頼もしいな。ならこの町は、安心だ」と、微笑んで言った。

別に死を予感していたわけではないのだと思う。だけどこの日の父さんは、いつもと変わらず春雄とゴンスケの手を引きながら、

「春雄、ゴンスケのこと、守ってやるんだぞ」

とも言った。春雄は「当たり前だ！　ゴンスケは弟みたいなもんだ！」と父さんの真似をして右の拳を夜空に掲げ答えた。すると父さんは、

「よし！　じゃ、もし父さんがいなくなっても、安心だ。そのときは遠慮せず、商店街のみんなに甘えろ。みんな優しい人たちだ。きっとおまえを育ててくれる」

と、ゴンスケの頭を撫《な》でながら、マスクを脱ぎ、そのマスクを春雄に渡した。

「どうしたの?」

と春雄が訊くと、

「さすがに暑くなった。アハハハハ」

と顔の汗をおおきな手で拭きながら、笑った。

そのときだった。

お婆さんが、夜の道を横断していた。

信号もなく、星の灯りしか照らさない、暗い夜道。

一台のトラックが、突っこんできた。

「あぶない!」

父さんは叫ぶと、ゴンスケの躰を春雄にあずけ、一目散に車道に走っていった。

あんなに痛めていた足を引きずることなく、父さんは少年のようなスピードで、お婆さんにむかって走っていった。

父さんは、お婆さんを抱きかかえると、怪我《けが》をしないように、精いっぱい気を付けながら、その躰を歩道にあずけた。

トラックがかける、急ブレーキの音が聞こえた。

あんなにおおきいと思った父さんの躰は、ぶつかってきたトラックに比べれば、とてもちいさく見えた。いままで春雄が見た、どんなに強くておおきい相手レスラーより、そのトラックはおおきく見えた。

父さんが、飛んで行った。

ほんとうに不思議だけど、夜空に、あの星たちの中に、飛んで行ってしまったみたいに、春雄には見えた。不思議だけど、トラックにぶつかって飛んでゆく父さんのその顔は、なにも痛そうじゃなくて、悲しそうでもなくて、いつもみたいに、父さんは、満面の笑みで夜空を飛び、そのまま、死んでしまった。

「そういうわけで、父さん死んだぞ。春雄、あとは頼む」

そう、言われた気がした。

こうして十歳の春雄は、一人になった。

ちいさな喪服を着て、あの日父さんが立っていた、お寺の境内の同じ場所に立った。大蔵も、ミツワも、ミツワの奥さんも、虎二も、雪も、雪のお母さんも、ゴンスケもゴンスケのおばちゃんも、トメ婆もコマメ婆も——大げさでなく、町中の人が来てくれた。春雄は、半ズボンの喪服姿で、もじもじとみなを見つめた。

「無理せんでええ、なにも言うな春雄」

と、大蔵は言った。春雄は、なにか言わなければと思った。来てくれた町のみなさんに。そして春雄はうつむいていた顔をあげた。

「えーと……ぼくは、泣きません」

百二十センチたらずのちいさな喪主が、不安そうに目をぱちくりさせながら、声をしぼりだした。そして浮かぶ涙をこぼさぬよう、春雄は空を見上げ、鼻をすすって気合いをいれた。

「ぼくはこれから、もう泣きません。お父さんもお母さんが死んでから、そうしたからです」

みな、それを聞きすすり泣いた。春雄はおおきな声で、カラスが逃げるほど叫んだ。

「だってぼくは、サブイボマスクの息子だからです！」

✤

気付けば、春雄は、道半町商店街に立っていた。

ゴンスケが、地面に座り、遊んでいる。

いつぶりだろう？　こんなに鮮明に、父さんのことを思いだしたのは？

きっと、こういうものなのだろう。天命を感じる瞬間というのは。

躰のなかがシーンと脈打ち、とても静かな気持ちだ。

もう、やることは決まったのだ。決まっていたのだ。

この町を救うため、足りない頭を振り絞った十年間。だが答えはそこにあった。

「……おまえのおかげだ。ゴンスケ」

春雄は、まっすぐに前を向き、つぶやく。ゴンスケは、なにがはじまるのかと、期待をこめた穢《けが》れなき瞳で、春雄を見つめ立ちあがった。

「どうにかこの町を盛りあげようとしてきたが……灯台下暗しだったよ。ゴンスケ……おまえのおかげで、やっとわかった」

ゴンスケが可愛《かわい》い顔をして、春雄を見つめる。

「……みんなを笑顔にするには、感動させなきゃいけなかったんだ。そのためにはまず、どんな辛い状況でも、まず俺自身が最強の笑顔をみせなきゃいけなかったんだ……この町には、最強の笑顔をみせる、ヒーローが必要だったんだ……」

春雄は、ゆっくりと、ジーパンの後ろポケットに突っこんだマスクを取りだした。

「春ちゃん！」

ゴンスケが飛びあがる。

目を見開き、グレーに染まるシャッター商店街の先の先を見据え、春雄はゆっくりと、その顔にマスクを被った。

鼻から目いっぱい、息を吸いこむ。この世のすべての邪気を、吸いこんでやった。

そして、「ハァーーーー!!!」と、すべての邪気を自分の躰の中で清らかな魂に変え、商店街じゅうに吐きだしてやった。

ときはきた。すべては運命で決まっていたのだ。

春雄は、全力のおおきな声で叫んだ。

「俺がこの町に感動をとりもどす！　帰ってきたぞ……サブイボマスクだ！」

「サブイボー！　サブイボマスクー！　やったー！　やったー！」

ゴンスケが天まで届きそうなほど両手をあげ、喜び勇んで走っていった。

「みんな……感動してますかー！」

春雄は、叫ぶ。

「みんな……笑ってますかー！」

その声が、商店街じゅうに響き渡る。

躰が熱く、燃えてくる。もう、俺は春雄じゃない。サブイボマスクなんだ！

春雄は一気に、Tシャツとジーパンを脱ぎ捨てた。スニーカーも邪魔になった。脱ぎ捨ててやった。

燃える。燃える。魂が燃える。父さんの血と汗と笑顔がつまったこのマスクが、俺に力を与える。春雄は、足をガッ！　と開き、丹田に力をこめ、正拳突きをしはじめた。

「セイ！　セイ！　セイ！　セイ！」

力がみなぎる。俺が俺でなくなる瞬間とは、こんなにも高揚するものなのか。

すべてを変えられる気がする。町も、人も。おのずと、突きだす拳にも力がはいる。

「セェイ！　セェイ！　セェ……」

なんだか視線を感じ、手を止め、横を見た。

——自転車に乗った、制服姿の警官が、じっと春雄を見つめていた。

「…………」

「…………」

しばし、春雄と警官は見つめ合った。ふと、春雄は自分の姿を見た。トランクス一丁で、マスクを被り正拳突きしている自分は、なかなかの姿だった。警官が、口をひらく。

「来い、変態」

「ちがーう！　ちがーう！　ゴンスケー！　助けてー！」

警官はほぼ全裸でマスクを被る男の手に手錠をかけ、迷うことなく連行した。

✤

「……気でも狂ったのか、春雄……」

道半町警察署から連絡をうけた大蔵町長は、署まですっとんできた。そこにいたのは、トランクス一丁のほぼ裸に近い姿で、〈あのマスク〉を被った、春雄だった。手には手錠、腰には縄をつけられて、制服警官にその縄を持たれていた。まるで変態ショーみたいな光景だった。しかし、春雄は、堂々とその姿で立っていた。

「……春雄」

「春雄じゃない。サブイボマスクだ」

　さっきから、何度この押し問答を繰り返しただろう。春雄は、「サブイボマスクだ」としか、言わない。しかたがないので、大蔵は呼んでみることにした。

「えー……サブ……サブイボマスクさん」

「なんだ！　町長！」

　馬鹿みたいに満面の笑みで、春雄がこたえた。

「えっと……サブイボさん」

「おう！」

「いまのままで十分ですよ？　商店街で唄ってくれて、老人たちもそれなりに喜んでる。だから、」

「駄目だ駄目だ駄目だ！　それじゃ駄目なんだ、町長！」

「うるせーぞマスク！」と制服警官に怒られても、春雄は引き下がらない。

「この町の誰もが活き活きしてねーのは、笑ってねぇ！　感動してねーからだ！」

　マスクの下から見える春雄の目は、真剣だった。

「俺は諦めねぇ……この町に、感動をとりもどす。黙ってダムになんか……させねぇ」

なぜだろう、こんな恥ずかしい姿をした男の講釈に、一瞬大蔵は鳥肌が立った。

「町長……俺がこの町に感動をとりもどして……サブイボ立たせるよ」

「親父みたいにか」

大蔵はつぶやいた。

「そうだ。こんどは俺の番だ。俺はプロレスはできねぇが、唄を唄える。だから俺は俺を捨て、謎のシンガー、サブイボマスクとしてこの町で唄う。そしてもう一度、この町に感動をとりもどす。人々を立ちあがらせる」

「その……マスクで唄って、どうやって、この町に感動をとりもどすんだ？」

「具体的なアイディアは、まだ、ない」

春雄は困った子供のように口をパクパクと開け、答えた。

大蔵は、自信満々に宣言しながら無策の春雄におののいた。が、なぜかこのサブイボマスクを被った春雄から、目が離せなくなった。

春雄は力強い声を張りあげる。

「とにかくみんなが笑顔をとりもどしてくれりゃ！　商店街のシャッター、またもう一度開けてくれるかもしんねー！　すべてはそこからだよ、町長！」

「サブイボさん」

大蔵は目に涙を浮かべ、そう呼んだ。

「俺に任せろ、町長」

春雄が、いや、サブイボマスクが、力いっぱい、笑った。

大蔵は、何十年前のあの日の光景を思いだした。

玄関を開けると、そこに、へんてこな男が立っていた。針でながした真っ赤な血をつけたマスクを被った茂雄ちゃんが、そこに立っていた。茂雄ちゃんは、本気だった。こいつに、この町のピンチは託すしかないと、不思議だけど思った。

その光景が、何十年ものときを越え、いま、道半町警察署にもどってきたのだ。この、春雄の、いや、新生サブイボマスクの姿にも、大蔵はあのときと同じことを感じた。サブイボマスクは、死んでいなかった。町のピンチをチャンスに変えるために、もどってきたのだ。大蔵は目に涙を浮かべ、鳥肌を立てながら春雄の手を握った。ゴンスケがうれしそうに、何枚もサブイボマスクの絵を描いている。大蔵は、警官にむかって諭した。

「はやく、手錠外してやってくれ」

大蔵は久しぶりに、この身に血が流れるのを感じた。

【サブイボマスク　はじまりの唄】

春雄は、こうして謎のシンガー・サブイボマスクとなることを決意した。マスクを被《かぶ》って唄うことしか思いつかなかったが、衝動をがむしゃらに信じ、突き進もうと思った。すべてはそこからだ——そう、躰《からだ》の中で誰かが春雄につぶやいていた。とにかく、いつもと変わらぬことをまずした。太陽より早く起き、老人たちの困ったことを手伝った。ゴンスケを乗せ、花丸商店まで自転車でかっ飛ばす。そして夢の町のドリームタウンに負けないよう、品ぞろえでは劣るけど、愛情込めて町の人に商品を届けた。そして、ひとつだけ、決めたことがある。それは、

——オリジナルの唄しか、唄わないこと。

演歌や浪曲を楽しみにしてくれている爺《じい》ちゃんや婆《ばあ》ちゃんたちには申し訳ないのだが、春雄は決めた。初代サブイボマスクが、その躰を燃やしてプロレスの試合でみなの心を動かしたのなら、春雄もやはり熱き魂で、自分の言葉で唄を唄わなければ誰にも感動は伝わらないと思ったのだ。演歌や浪曲は、老人たちが聴きたいとき、いつでも家へ出向

いて唄おうと決めた。いや、遠慮されても困る。毎朝みなの家を、

「なにか一曲いかがですかい？」

と、訪問することも決めた。

これからサブイボマスクとして商店街で唄うことは、もう前と趣旨がちがうのだ。まだ策はないけれど、とにかく、この商店の人たちを感動させなければいけない。笑顔にさせ、閉じたシャッターを開けてもらわなくてはいけない。若者をふくめた多くの人たちを、町に呼びもどさなくてはいけない。

「そのためにはきちんと、自分の想いを唄わなければ。誰に伝わる？」

そう春雄は思っていた。

三日三晩一睡もせずに、「ラララリラー」ばかりだった〈はじまりの唄〉の歌詞を書きあげた。町のみんなの顔を、一人ずつ思い浮かべながら白い紙に魂を叩《たた》きつけた。歌詞を、書きなぐった。自然と言葉が出てきた。この海と山々に囲まれた、ちいさなちいさな町。だけどそこにだって、たくさんの希望があるはずだった。町で生きる老人たちにだって、中年たちにだって、男にだって女にだって、カエルだろうがアリさんにだろうが、明日への希望や夢は、あっていいはずなのだ。いくらシャッターが閉じて暗い商店街でも、はじめれば、また灯りはともるはずなのだ。その灯りは、きっと自分たちを照らす。そしてその灯りが、ほかの誰かを照らす。未来へつなぐ者たち、子供たちへ、き

ちんと明日をつないでやらねばならないのだ。

ゆっくり、のんびりなどしている場合ではない。道半町がダムに沈む前に、町の住民はロケットに乗って飛んでゆかねばならぬのだ。もたもたしていてはいけない。準備不足だろうが怖かろうが恥をかこうが、三十秒で準備して、どんなにいまが苦しくとも立ち向かわねばならぬのだ。明日へと希望を乗せて、発射するんだ。

そのためにまず俺が、その先頭に立つ――。

〈はじまりの唄〉

♪今　始まりの時だ　急いで準備を
流れる汗と涙　光れ　光れ
未来にぶっ飛ばした　希望のロケット
まだ遠く離れてないよ

道に迷ったら　真っ直ぐに歩くんだ
前だけ向いてりゃ　後ろ指も届かない
弱虫毛虫で　つまずいても最後には

笑う奴が最強

今　立ち向かう時だ　握りこぶしで
目の前にある扉　叩け　叩け
ほら　同じ空の下　飛び出して行こう
誰も間違ってないよ　何も間違ってないよ

僕らは裸足のままで走り出すんだ
限界はいつも自分の心の中
夢を摑めないなら　手に入れたものだけで
夢を作り上げよう

今　立ち向かう時だ　握りこぶしで
目の前にある扉　叩け　叩け
ほら　同じ空の下　飛び出して行こう
誰も間違ってないよ

生きることは苦しいかい
生きることは悲しいかい
神様に鼻で笑われても　僕は信じることを止められない

今　立ち向かう時だ　握りこぶしで
目の前にある扉　叩け　叩け

今日からが始まりだ　三十秒で準備を
流れる汗と涙　光れ　光れ
未来にぶっ飛ばした　希望のロケット
まだ遠く離れてないよ　それほど離れてないよ
いつか　必ず届くよ

✤

サブイボマスクとしての、はじめての商店街でのコンサート。春雄は柄にもなく緊張した。自分の唄でみんなは感動し、笑ってくれるだろうか——。春雄は緊張し、すこし震えた。

気分を和らげたのは、やはりゴンスケと大蔵だった。ゴンスケは画用紙いっぱいに描いたサブイボマスクのイラストを掲げ、スターの登場を待ちわびる熱烈なファンみたいに、ウキウキと最前列に陣取った。

大蔵は大蔵で、町のみんなの家を一軒一軒まわり、

「凄《すご》いことがおこるから、商店街来てくれ！」

とチラシを配り、いつもより多い五人の観客を連れてきてくれた。トメ婆とコマメ婆も、大蔵は連れてきてくれた。春雄にとってみんな知った老人だったけれども、なに、はじまりは、いつだってそうだ——春雄は勇気づけられた。

春雄は商店街の柱の陰から、フーッと息を吐いて、飛びだした。

一気に、ミカン箱のステージへ飛び乗る。

マスクを被った謎の男が登場すると、まず老人たちがクスッと笑った。

「さぁさぁみなさん、こんにちは！　みんなに笑顔を伝染させる、謎のシンガー！　サブイボマスクだ！」

一気に春雄が叫ぶと、コマメ婆が手を叩き突っこんだ。

「なに言ってんだ春雄！　春雄だべ!?」

「そちらこそ何を言ってるんだ、ご老人！　このマスクが見えないのか!?　わたしはサ

ブイボマスクだ!!」

と、居眠りして座っていた爺さんが春雄の大声で目を覚ました。覚ました瞬間、目の前にいる数十年ぶりに現れたサブイボマスクに驚き、叫んだ。

「茂雄が化けて出おった！　サ、サブイボマスクの祟りじゃ！　祟りじゃぁ！　サブイボマスクが化けて出おったー！」

叫んだ瞬間、入れ歯が飛んだ。

爺さんは終《しま》いには「南無阿弥陀仏《なむあみだぶつ》南無阿弥陀仏……」と手を合わせだしたもんだから、それを聞きみんな、手を叩き大爆笑した。

上々の滑り出しだ。なにより、久しぶりだ。町長をふくめたった六人の観客でも、笑い声が重なれば商店街が、パッと明るく華やいだ。なおも、

「春雄、チャック開いてるぞ」

とトメ婆にみごとだまされ、馬鹿な春雄は、

「え！　まじで！」

とチャックを確認し、すぐにサブイボマスクは春雄だとバレた。が、そんなことは春雄にはどうでもいいことなのだ。だいたいマスクは被っているけれど、着ているものはいつもの白いTシャツ、いつものジーパン、そしていつものスニーカーだ。目の前にはいつものようにゴンスケがいるし、道半町青年団とのぼりを立てた自転車だってそこに

ある。そしてなにより、この手に握るマイクは、いつものマメカラだ。春雄は、

「いいから！　いまは一応、サブイボマスクなんだよ！　お婆ちゃん！」

とみんなを笑わせ、渾身《こんしん》の力で、マメカラの再生ボタンを押した。不器用だが一生懸命吹き込んだ、アコースティックギターのイントロがながれる。

サブイボマスクは、〈はじまりの唄〉を、全力で声を張りあげ、熱唱した。

マメカラからながれるオケに乗せた春雄の魂の唄声は、四分十八秒後、幕を閉じた。

最後の、

♪今　立ち向かう時だ　握りこぶしで
目の前にある扉　叩け　叩け
今日からが始まりだ　三十秒で準備を
流れる汗と涙　光れ　光れ
未来にぶっ飛ばした　希望のロケット
まだ遠く離れてないよ　それほど離れてないよ
いつか　必ず届くよ

と唄うところは、春雄は自分でも驚くほど声が伸びあがった。どうか町のみんなに届いて欲しい——春雄の心が、そうさせていた。

キーが外れようが、マメカラのオケの音がちいさかろうが、お構いなしで春雄は全力

で叫び、唄った。右の手を強く握りしめ、天高く高く、拳を突きあげた。と、老人たちが一斉に声をかけ、手を叩き笑いはじめた。

「いいぞー、サブイボさん！　春雄って奴よりよっぽどマシじゃ！」

「いやいや案外えぇ曲じゃ！　春雄なんつー男より、サブイボマスクのほうがよっぽどええ男じゃ！　春雄はもう、これで成仏じゃ！」

こんなに声を出したのはいつぶりだろう？　と思うほど、六人の観客は盛り上がった。

春雄が恐る恐る、マスクの下から目を開ける。みんなが、笑っていた。

老人たちが愉しそうに、孫のステージを見るように、とにかく愉しそうに笑っている。と、ミツワも店先から顔を出し、春雄を見ていた。「ブティック　おしゃれ」の虎二も、今日は七三分けのサラリーマン風なカツラを被りながら、店先からステージをのぞきこんでいる。春雄は見つけ、手を振った。

「おじちゃーん！　来いよ！　こっち来いよー！」

慌ててふたりは店の中へ引っこんだ。それを見て、また観客たちは笑った。

春雄は、「なにかが動きだすのでは」と感じた。サブイボマスクで唄うかぎり、いるかぎり、町の人々の心がまた動きだす予感がしてきた。商店街の先を見ると、金髪リーゼントで紫色の特攻服を着た佐吉も、自慢のバイクにまたがりながら、いつの間にかサブイボマスクにガンを飛ばしていた。春雄は佐吉を見つけ叫んだ。

「青年！　道半町はサブイボマスクが命を懸けて盛りあげる！　だから、汗かけー！」

佐吉はわなわなと躰を震わせ、

「死ね！」

と叫ぶと去っていった。ガンを飛ばされようが唾を吐きかけられようが、春雄はなんだって良かった。笑うことも怒ることも感情なのだ。こうしてはじまりの唄を聴いてなにかが動きだしてくれれば。春雄はそう思った。

そのときだった。レインボーヘアーの早苗が、娘のキララの手を引き現れた。

ふたりとも上下真っ黒なジャージをお揃いで着て、ガムをくちゃくちゃ噛みながら、春雄に歩み寄った。春雄は、数年前に町に越して来たシングルマザーの親子だと、頭の片隅で思った。早苗が赤鬼のような剣幕でまくしたてた。

「おいおいおい！　うるせーんだよ手前《てめえ》！　クソみてーな唄、唄ってんじゃねーよ！気持ち悪くてトリハダ立ったわ！」

この言葉に、春雄は待ってました！　とばかりに笑顔で返す。

「気持ち悪かろうが、サブイボ立ったらそれでOK！　そして君にひとつ伝えよう……君は多分、孤独に震え、『寒いよ、寒いよ』って泣いている。でも君がながすその涙は、いつかおおきな海になり、孤独な君を照らすだろう！　サブイボ立ってますかー！」

早苗は両手をわなわなと震わせ抗議した。

「おい！　勝手に深アサイ話してんじゃねー！　手前の話はいいこと言ってそうで、なんにも意味ねーじゃねぇか！　それにな、こっちは『寒いよ、寒いよ』なんて震えてられねーんだよ！　夏なのに家にクーラーねーから暑くて死にそうなんだぞ、この野郎！」

キララも応戦した。

「真夏にクーラーないから汗疹《あせも》だらけだぞ、この野郎！」

春雄はスイッチが入っている。こうなるとお花畑の自分の世界だ。

「もうひとつ君に伝えよう……君は、『一人じゃなーい！』」

「あたりめぇだ、この野郎！　となりにガキいんの見えねーのか！」

「サブイボ立ってますかー!!」

「人の話聞けてめぇ！　ファック！　ファック！」

早苗とキララと、サブイボマスクの闘いに老人たちは腹をよじって笑った。一斉に拍手した。レインボーヘアーの早苗は困惑し、老人たちだろうがお構いなしに、がに股の足をおっぴろげて、叫んだ。

「ファーック！　ファーック！　じじいばばあ……ファーック！」

中指を立て叫びつづけた。だが老人たちはさすが年の功、負けはしない。

「元気があってよろしい！」

「じゃ、わたしも、ファーック！　ファーック」

と早苗を揶揄《からか》い、早苗は般若《はんにゃ》のような顔をしながら、老人に中指を立てつづけた。

みなが盛りあがっている。いままでにないことだ。

大蔵も手ごたえを感じ、春雄にガッツポーズしてみせた。

春雄はマスク姿のまま、

「とーう！」

とヒーローのようにミカン箱から飛び降りた。素早くゴンスケの手を引き、いつもの自転車に飛び乗る。そして客席を振りかえり、満面の笑顔で声をあげた。

「みんなが笑えば、それが幸せ！　笑えば明日が、やってくるさ！　笑顔を伝染させる謎のシンガー！　サブイボマスクでした！　チャオ！　道半町、最強！」

老人たちの拍手喝采と、早苗親子のファックファックの言葉を浴びながら、サブイボマスクは疾風のように商店街の彼方《かなた》へ消えていった。

油の足りない自転車も、キィキィ悲鳴をあげながら、うれしそうにペダルを回した。

✤

春雄は、笑っていた。

ゴンスケもその後ろで、大笑いしていた。

商店街を自転車で走り抜け、「道半町、最強ー!」と叫びながら、田んぼのあぜ道を走った。ゴンスケも「サブイボマスク、最強ー!　笑顔、最強ー!」と叫ぶ。ふたりは川沿いの堤防道も走り抜けた。

そしてとうとう、道半橋まで来てしまった。

春雄は自転車を止め、心地よい疲れをかんじたまま息を整えた。ゴンスケが、この橋の上から落ちたら人間が簡単に死んでしまうこともわからず、

「最強ー!　最強ー!　サブイボマスク、最強ー!」

と、橋の欄干から躰を乗りだし叫びはじめた。川にむかって叫ぶ愛しい相棒を、春雄は慣れた様子で苦笑いし、背中のTシャツを摑み、落ちないようにした。

あたりを見回した。

すこしだけ、景色が違って見えた。いつも見ている海も、山々も違って見える。山の裾野に走る、夢の町へとつづく長い車道も煌《きら》めいて見えた。まっすぐ進めば、道半町にだって、明るい明日が待っている気がした。ようやく、川に向かって叫ぶのに飽きたゴンスケが、こんどは自転車の買い物籠の中に手を入れ、サブイボマスクを取りだした。

ゴンスケが、マスクを見てうれしそうに、笑う。

「サブイボ、最強?」

「おーう、ゴンスケ。おまえのおかげだ！　サブイボ、最強だったぞ！」

「おかげ？　ぼくの？」

「そうだぞ。おまえのおかげだ、ゴンスケ」

ゴンスケは春雄に褒められて照れくさそうに、口をおおきく開けて笑った。

「みんな、笑ってたな。やっぱ、みんなが笑うと、うれしいな。いままではさ、俺とゴンスケだけだったもんな、ちゃんと笑ってたの」

春雄の言葉が長すぎたせいか、ゴンスケは、ただニコニコと笑った。ゴンスケは、

「サブイボ、さいきょう。サブイボ、さいきょう」

と繰り返し、マスクを一生懸命に春雄の頭に被らせようとつま先をあげた。春雄は膝をたたんでやり、被せやすいようにしてみた。でもゴンスケはこうした動作が苦手で、なかなかマスクを被せることができない。春雄は優しく笑い、マスクを自分で被ってやった。

ゴンスケが、うれしそうに笑う。

春雄は、おおげさにムンと胸を張り、腰に手をやり、顎をあげ、本物のヒーロー風に立った。そして、サブイボマスク応援団のゴンスケに、堂々と挨拶《あいさつ》した。

「やぁ、こんにちは。サブイボマスクだ」

「サブイボ！　サブイボ！」

ゴンスケが飛び跳ねる。

「ゴンスケくん。君のおかげで、わたしはこの町に復活したよ。みんなを笑顔にする、サブイボマスクがね」

「サブイボ、最強ですかー？」

ゴンスケが下からのぞきこむように訊《き》く。

「あー最強だ！　みんな笑ってますかー！　サブイボ、立ってますかー!!」

春雄がゴンスケだけに、決め台詞《ぜりふ》を叫ぶ。サブイボマスクが大好きなゴンスケのおかげで復活したこの姿を、ゴンスケだけにみせてやる。ゴンスケは、

「やったー！　やったー！」

と何度もジャンプした。と、橋の後方から、誰かが絶叫する声が聞こえてきた。春雄は聞き覚えのある声に振り向いた。

「待て！　待て！」

と叫ぶ声がおおきくなる。ア、アイツの声がする。

雪が、全速力で橋を走ってきた。

「雪」

春雄はその名をつぶやいた。雪は鬼の形相で、つっかけサンダルのまま走っている。雪の前方には、白ブリーフだけを穿《は》き、ほかは全裸、顔にセクシーなTバックの女性の

下着を被った、どこからどう見ても下着泥棒が追いかける雪から逃げていた。変態Tバック男が春雄とゴンスケの横を通り過ぎる。男は、自分以外にも妙なマスクを被った男がいるのに驚き、春雄の顔を二度見した。雪がやってきた。マスク姿の春雄を見る。

「え?」雪がつぶやく。

春雄はおもわずマスクの上から、顔を手で隠した。

雪がゴンスケを見る。ゴンスケが十二年ぶりに会った雪を見て、「雪ちゃん!」とうれしそうに笑う。ゴンスケと一緒にいるマスクマンは、おのずと正体がバレた。

「は……春雄?」

振り乱した長い髪の毛をかきあげながら、雪が口を尖《とが》らせた。

こうなったら仕方がない。

春雄は覚悟を決めて腰に手をやり、グン! と胸を迫りだした。

「春雄ではない! サブイボマスクだ!」

ヒーロー風な声色にしてみたが、一瞬で怒鳴られた。

「いいから早く追え、春雄! 下着ドロだ! わたしのパンツ!」

「はい」

十二年ぶりの元恋人同士の再会だというのに、メルヘンな言葉も、アンニュイな雰囲気もなかった。雪は鬼軍曹のような顔で春雄に命じ、春雄は命じられるまま頷き、一目散に変態Tバック男を追いかけはじめた。

マスクを被った春雄が、雪の赤いTバックを顔に被った男を追う。サブイボマスクが変態の下着ドロを、懸命に追いかけた。

やがて田んぼ道まで逃げた変態Tバック男の背中に春雄が飛びかかる。他人から見ればふたりの変態が、長い稲穂が伸びる田んぼの中に落下した。

「雪のパンティー！　返せこらぁー！」

「おまえも……同士か」

変態Tバック男が、揉《も》みあいながら春雄のマスク姿を見て、つぶやいた。

「違うわ！　一緒にすんな！　返せ！　返せパンティー！」

「このパンティーだけは……絶対に渡さん！」

もみ合うふたりのマスク男。春雄は相手のTバックを脱がそうとし、相手は春雄のマスクを脱がしにかかる。道半町の田んぼは、互いのマスクを奪い合うプロレスリングに変わっていた。

「脱げ……」

「いやだ……」

「脱げ……」

「いやだ……」

言葉だけ聞けば男ふたりのあぶない会話だ。だが田んぼのリングでは闘いがつづいた。揉みあううちに、春雄のジーパンが脱げた。

揉みあううちに、春雄のTシャツが脱がされた。

もう春雄もトランクス一丁にマスク姿の、立派なそれいの姿だった。

日々、乾布摩擦と正拳突きで鍛えている春雄の体力が勝ってきた。春雄は、一気に馬乗りになり、変態男の顔から雪のTバックを脱がせにかかった。

雪が、春雄の自転車の後ろにゴンスケを乗せ、ヒィヒィ言いながら、ようやく田んぼに追いついた。田んぼの長い稲が邪魔で、どこに春雄たちがいるのかわからない。

雪が到着したことにも気が付かず、春雄は最後の力をふりしぼり、一気に男の顔からパンティーを奪い取った。そして高く高く、その雪の真っ赤なパンティーを青空に掲げ、春雄は立ち上がった。

「ウォォォー!!　とったぞー!!　雪のパンティー!　とったどー!!」

春雄が息を切らしながらパンティーを空に掲げていると、なにか視線を感じた。

「雪だ!」

春雄はそう思った。横を見た。

いつかの制服警官が偶然通りかかり、またそこに立っていた。

「……こんにちは」

「……おぅ」

気持が良い風が吹き、稲穂を揺らした。しばし、ふたりは見つめ合った。制服警官はゆっくりと自転車を降り、手錠に手を伸ばしながら田んぼに入ってきた。

「来い……変態」

「ちがーう！　ほんとうに今回はちがう！　いや、前も違うけど……ちがーう！」

すこし先で、自転車にゴンスケを乗せた雪は、呆然《ぼうぜん》とその光景を見送った。

春雄は遠くに見える雪を発見し、

「とったんだ！　とったんだパンティー！」

と叫んだが、余計に下着泥棒と確信され、春雄はまた手錠姿で制服警官になんども頭を叩かれながら、稲穂の中を連行されていった。

✤

「ややこしいことすんなぁ、春雄」

あきれたようにニヤニヤと、刑事部長の屋代《やしろ》が春雄を見て笑った。

道半町警察署の生活安全課。田んぼでの格闘の末、びちょびちょになった春雄はマスクを被ったままトランクス一丁の姿で、躰を震わせ、調書を取られていた。窓には、濡れたTシャツとジーパンが干されている。今日は、むかしから近所で世話になっている屋代のおじちゃんだったのが、春雄にとってせめてもの救いだった。

「こんな田舎でひと月に二回警察に捕まる男なんていねーぞ、春雄。ガハハハハ」

「……は……春雄じゃない……俺は、サ……サブイボマスクだ」

屋代は、寒さで震え答える春雄の頭を叩き、素早くマスクを脱がせた。

「やめて！　素顔はやめて！」

春雄は必死に顔を手で隠しながら、マスクを取りかえそうとビュンビュン手を伸ばした。雪があきれたように、ため息をついた。

「あいかわらず、馬鹿ね」

春雄は、

「うるせー！」

と叫んだ。が、同時に十二年ぶりに雪の顔をきちんと見たら、

「……あいかわらず、可愛《かわい》いじゃねーか」

と正直な春雄は口にしそうになったが、我慢した。春雄は悔しくて、「フン！」と口をへの字に曲げて視線を逸《そ》らした。屋代が懐かしそうにマスクを眺め、田んぼの汚れを

落とす。

「偉ぇな、春雄。二代目サブイボマスク、就任したみてーじゃねーか」

「え？　なんで知ってんだ？」

　春雄は驚き、顔を突きだす。

「うちの母ちゃんがよ、さっき商店街でおまえのライブ見たトメ婆から聞いたんだと。婆ちゃん喜んでたらしいぞ、『サブイボマスクが、この町に帰ってきた』って」

「そうか」

　春雄は、満面の笑みになった。横でお絵かきさせてもらっているゴンスケに抱きつき、ほっぺにチュッチュチュッチュチュ、キスをしてやった。たった一回のライブで、もう、どこかで喜んでいる人がいる。愉《たの》しそうに、今日の出来事を誰かに話している人がいる。それが聞けただけでも、出だしとしては十分だった。

　春雄はようやく乾いたまっ白なTシャツと青いジーパンに着替え、大切なマスクを返してもらい、ゴンスケと雪とともに、警察署をあとにした。

✤

田んぼのあぜ道を、春雄と雪とゴンスケで歩いた。雪と歩くなんて十二年ぶりで、春雄はどうしていいのかわからず、柄にもなくあまり喋《しゃべ》らなかった。雪も同じだった。救いは、雪との間を壁になってくれる相棒の自転車と、十二年前と変わらずふたりのまわりを駆け回る、ゴンスケの存在だった。

ようやく、春雄は雪に話しかけた。

「……いつもどってきたんだ」

「先週」

「……言やぁ、いいじゃねーか」

「べつにあんたに報告する義理ねぇし」

……あぁー、頭に来た。雪はなんにも変わっていない。春雄ははらわたが煮えくり返った。いや、雪の強気の性格に拍車がかかっている。東京に揉まれたのか、雪は猛獣になって帰ってきたのだ。春雄は思い、そうなれば負けてられないと、強気で攻めることにした。

「あー、あー、あー、そうですか！　そうですよね！　俺に報告する義理なんて、これっぽっちもござーせんよね！」

「声がおおきいよ！　あんたは！」

「そういえば！　そうでした！　あたしゃー聞きましたよ!?　あの憎たらしいテレビ局のプロデューサーさまですか!?　お別れになったらしいですね！　男見る目ねーよな

――！　アハハハハ！」

「それは認めるわ。わたしは男見る目がない。あんたふくめてね」

瞬間、春雄は負けを認めた。やはり雪には勝てないのだ。

「それより、あんたがまだ唄ってたとはね……あの一件で、唄辞めたかと思ってたわ」

雪が言ったあの一件とは、十年前、東京での出来事だった。


　春雄は中学、高校とバンドを組んでいた。こんな田舎でも、いや、田舎だからこそ、純粋に音楽というものに憧れた。近所の兄ちゃんから譲り受けた、年季の入ったアコースティックギターは、かけがえのない武器を手に入れた気がして、寝ても覚めてもギターを弾きつづけた。結局不器用で、コードはＣ、Ｇ、Ｅｍ、Ａｍ、Ｆしか覚えられなかったけど、五つのコードでだって、じゅうぶん世界は広がった。春雄はブルーハーツのボーカルに憧れ、いまの素朴な雰囲気では考えられないが、パンクバンドを組んでボーカルをしていた。モヒカン頭をギンギンにスプレーで固め、タイトなＴシャツ、ピチピチのジーパン姿で、底の分厚いラバーソールを履いて、あちこちの町でライブをしていた。ライブと言っても、とてもプロになれる技術もなく、三人のメンバーと愉しく演奏していただけだった。なにより、道半町を愛していることを証明するために、春雄たちはオリジナル曲をつくり唄っていた。パンクバンドの名前は、「みっちー　なかば　まっちー」と春雄は名付けていた。

雪がモデルになるといって東京へ行った、二年後のこと。東京の雪から突然、「全国放送のテレビ番組で唄わせてやるから、すぐに東京へ来い」と連絡があった。春雄は二十歳になっていて、農家を継いだギターと、夢の町の信用金庫で働くベースと、実家を継ぎ牛の乳をしぼるドラムスを急いで徴集した。東京へすっ飛び、雪に言われるがまま「お台場」という人工でつくった海があるという処《ところ》まで、メンバー全員で固まり怯《おび》えながら、むかった。

お台場のテレビ局へ到着すると、久しぶりに会った雪はすぐに朝の情報番組のプロデューサーだという男を紹介した。何日か前の飲み会で、雪が出会った男だった。

「あー、君たちがバンドの子？　あー、雪ちゃんから聞いてるから。なんだっけ？『道半町』？　とかいうの盛りあげてるバンドなんでしょ？　ぼくね、朝の全国放送の、『めざましグッドニュース』、知ってるでしょ？　それのプロデューサーやってるから。で、雪ちゃんにどうしてもって言われたから君たち、明日テレビで唄えるから。ヨロシク」

――東京って、すんげぇ。

純粋に春雄は尊敬し、緊張しながら次の日の朝を迎えた。

雪とスタッフに誘導されるまま、スタジオに入った。テレビの中で観ていたニュースキャスターが目の前で喋っている。「はまたつ！」とか叫んで、天気予報をやっている。春雄は、宇宙の果てまで届きそうなほど、緊張してきた。そして、使命感にかられた。

「あの天気予報で、毎日道半町の天気が紹介されるくらい、爪跡をのこしてやる」

──俺は、東京に爪跡をのこす。おら、東京に爪跡のこす。町にいる、ジジイやババアたちの名に懸けて。春雄は誓った。

戦場のように忙しい生放送の雰囲気の中、スタンバイした。春雄は今日のモヒカンは、スプレーを五本も使って立てた。著名な司会者が、バンドを紹介しはじめた。目の前のカメラに、赤いランプが灯り春雄を映しだす。

「それでは、期待の新人バンド、『みっちー　なかば　まっちー』さんに唄っていただきましょう。まだどこのレコード会社にも所属してないみたいだから、カメラの前の業界人のみなさん、大注目よ！」

春雄が、目を閉じた。司会者が叫ぶ。

「それでは、みっちーなかばまっちーさんの渾身のオリジナル曲、『俺たちの町は、だいたい初恋相手と結婚する』です！」

ドラムスとギターが頭を振りながら演奏をはじめた。

唄いだしの、

♪おれたちの町は！

初恋相手と結婚する！

だいたいする！

ほぼ　する！

で、嫁は太る！

という歌詞を唄えばいいだけだった。イントロが終わる。さぁ、唄いだしだ！

そのときだった。興奮した春雄は、急におかしくなってしまった。

「ファック！　ファック！」

と中指を立て叫び、舌をだし、カメラいっぱいに顔を近づけた。その瞬間、番組のプロデューサーがすっ飛んできて、飛び蹴りし、春雄は画面の外に消えていった。

画面は急に可愛いお花畑の映像にかわり、「しばらくお待ちください」というテロップが浮かんだ。


春雄は男から死ぬほど怒られた。放送禁止用語を朝の生番組で連呼した罰として、春雄は廊下で正座させられ頭を叩かれながら「馬鹿か！　馬鹿なのか！」と、怒声を浴びた。必死に、

「東京に、爪跡のこしたくて……」

と、蚊よりもか細い声で訴えたが、その百倍デカい声で罵声を返された。雪も「君の

紹介だからゴリ押ししたのに、どうしてくれんだよ」とプロデューサーに怒られ、「すみません！　すみません！」と、必死に頭を下げていた。

「まったく。チャンス、棒に振りやがって」

十二年ぶりにあぜ道を歩きながら、雪が嘆く。春雄は、

「俺は別にあんときから、この町の宣伝になりゃいいと思って、唄ってただけだし……なのにおまえが、勝手にあんな番組だすから……」

と、めずらしく言い訳した。言い訳ついでに言いたいことを全部言ってやろうと思い、結局、「春雄のためを思って」と紹介されたあのプロデューサーと、雪がその後結婚したことを、すこし皮肉も込めて春雄は責めた。

「あのときはまだ、そういう関係じゃありませんでしたから」

雪は、面倒くさそうに、その後の自分の半生を、二分五十五秒ほどのダイジェスト版で話した。春雄は聞き、しばし黙った。カラスとゴンスケの声だけがあたりに響いた。

「モデルは？　モデルは諦めんのか？」

春雄が口をひらく。

「そんな甘くねぇよ。東京行ってすぐにわかった。それにあたしも、もう三十だし」

馬鹿な春雄でも、さすがになにも言ってやれなかった。雪の過ごした光景が、春雄の

心に映写された。

「ゴンスケはどうしてんの？　おばちゃんは？」

「ゴンスケが通ってた作業所が潰れちまって。いまは俺が面倒みてる。おばちゃんもよ、働く場所ねーから、夢の町まで毎日通ってっから。朝から晩まで。あの歳で夜勤までやる日もあんだぞ？　たいへんだよ、往復二時間はかかっかんな」

「田舎の信号のない道で片道一時間って、そうとう遠いもんね……みんなたいへんだ」

雪は、地面を寂しげに見つめながら、自嘲的に笑った。

「あんたはどうしてんの？」

春雄は「コンビニで働いてる」と答えた。「あんな五年前から置いたままの湿布やらお菓子やら売ってる店は、コンビニとは呼びません。何でも屋です」と、雪が言うので、

「汚れたなー、東京に！」

と、春雄はわざとおおきな声で憎たらしい顔をして、雪を見た。

でも雪の表情は晴れることはなかった。

春雄は、雪は傷ついてしまったと、思った。

あんなに笑った顔が可愛かった雪が、あんなに怒った顔が愛おしかった雪が、太陽みたいに輝いていた雪が、乾いた笑い方しか、いまはしない。

傷ついている。その心に、おおきな傷を負ってしまったのだ。

春雄は、立ち止まった。立ち止まって、しばし、唇を噛んだ。

雪は、嫌な予感がした。

「……なによ」

「……がんばれ」

春雄は、地面をまっすぐに見下ろし、ちいさく言った。

「とにかくがんばれ。人は夢見て、敗れたらその傷口にこう……膿《うみ》がたまって」

「馬鹿なんだから、名言なんて言おうとするな」

雪が塞《せ》き止める。

「雪……だめだ。がんばれ。辛くても、がんばれ」

春雄は、唇を噛みしめたまま、地面を睨《にら》みつけ、震えている。

雪は思った。いやだ、いやだ、いやだ。だから春雄には会いたくなかった。

わたしは泣きたくない。泣いたらすべてが、壊れてしまう。せっかく心の中に仕舞いこんだ悲しみとやらが、またこの身に現れてしまう。だから雪は、春雄には会いたくなかった。

「雪……」

「やめて」

「がんばれー!!」

とうとう、その言葉を春雄は叫んだ。春雄はガッ！　と両足を開くと、本気で正拳突きをはじめた。汗が額から零《こぼ》れ落ちている。正拳突きしながら、雪の目だけを見て、春雄は、魂をぶつける。

「がんばれー！　いろんなことあっただろうけど、がんばれー！」

「やめなさいよ！　恥ずかしいから！」

「やめねぇ！　雪。夢見て！　くじけて！　大事な人にも裏切られて！　いま物凄く傷ついてるだろうけど！　……笑え！　笑え！」

雪は答えた。

「……笑えないよ」

「まず俺が笑う！　俺が笑って、おまえの痛いとこ、ぜーんぶ吸収してやる。だから……笑え！　笑え、雪！」

春雄は目に涙を浮かべて、笑った。

雪は、必死に心の鍵を摑まれないように、春雄の目を睨んだまま、奥歯を嚙みしめた。視線を外したかった。でも外せなかった。

春雄の純粋さは、もはやこの日本で天然記念物だ。雪が国の偉い人間なら、とっくに春雄を天然記念物に指定して、表彰してやる。でも、純粋な無邪気さほど、大人にとって危険なものはない。大人は、自分の汚れた心に気が付いてはいけないのだ。そんな安っぽいセンチメンタリズムに気が付いてしまった瞬間、大人は生きるのが辛くなる。自覚してはいけないのだ、自分が汚れたことを。大人になったことを。だから春雄は危険だ。いくつになっても保たれる純粋さは天然記念物ものだが、人の心に無自覚に――土足で上がりこんでくる。

「笑え、雪」

春雄はそう言った刹那、マスクを被った。三十歳になった大人が、サブイボマスクを被って、雪を本気で見つめている。

「雪ちゃん。笑えば明日がやってくるさ。こんにちは。サブイボマスクだ」

ゴンスケが「やったー！　サブイボマスクだ！」と大喜びしてジャンプしている。雪は急に、目がぴくぴくしてきた。鼻がツンと、痛くなってくる。頬が心の決壊を期待して、なんども震える。まっすぐに見つめてくる春雄の目から逃げたいのに、逃れたいのに、どうしても目を逸らせない。春雄の被るマスクの、真っ赤に燃える瞳。その目から流れる、涙のデザイン。

「馬鹿じゃん」

雪は精いっぱい、つよがった。

「馬鹿でいい。俺はこの町で生きる人を応援しつづける。もちろんおまえもだ。そして感動をとりもどす。ここで生きていくしかない人たちのことも、これからここで生きていく子供たちも、みんなが笑って生きられる町を、俺はとりもどす。俺は、サブイボマスクだ」

「こんな町、もうどうにもなんないよ」

雪は必死に、抵抗した。

だが春雄は負けなかった。

「諦めんな、雪。笑え……笑え」

いまにも流れ落ちそうな涙を我慢する雪の顔に、そっと春雄が手を伸ばした。

春雄は、マスクを被ったまま優しく笑い、雪の口元に触れた。そして、にーっと、彼女の口角を指で吊りあげた。

「ほら、笑え、笑え。ハハハ」

春雄は、雪の顔を無理やり笑わせた。

雪は、泣いてしまった。ぽろぽろぽろぽろ、涙が零れてきた。いままで我慢してきた涙が、一斉にうなりをあげ、心の海から零れ落ちてきた。せっかく施錠していた心の鍵は、もう田んぼのどこかへ落下して、消えてしまった。

ワンワンワンワン、泣いた。堰《せき》をきったように、泣いた。

子供みたいに泣いてしまった雪を心配して、ゴンスケが頭を撫《な》でてくる。

春雄はそれを見ながら、「笑え～、笑え雪～」と赤子をあやすように、雪の口角をあげつづけた。雪は顔をクシャクシャにして泣いた。鼻水もどんどん出てきた。ものすごく、ブスな顔になっているだろう。でもいったん零れだした涙が頬を伝うたびに温かくて、首元へ落ちていくたび春雄が笑って見つめるから、雪はなんだか、泣くたびに不思議と背中が軽くなっていった。

だから会いたくなかったんだ、春雄には。雪が心でつぶやく。

もう、わたしは泣いてしまった。

泣いてしまえば、あとは、無理やりにでも、明日へ進むしかない、ないじゃないか。

雪は男勝りに、ずいと鼻水を吸いこんだ。

「どうやって」

雪が春雄を睨む。

「どうやって、この町を変えようとしてんの？」

強気な雪が、もどってきた。

「えぇ……っと……サブイボマスクが……唄いつづけます」

馬鹿な春雄も、もどってきた。

「あほか！　こんな寂れた町でこっそり唄って、どうやってこの町に活気がもどるのよ！」

「よく泣いたあとにそういうこと言えんな。あー冷てぇ女だ！　な、ゴンスケ！」

「違うわ！」

雪は鼻水をたらしながら、もうブスな顔だろうがなんだろうが叫んでやった。そして、やはり鼻水は恥ずかしいと思ったのか、素早く手で鼻水と頬の涙をぬぐい取ると、馬鹿な天然記念物をまっすぐに見つめた。

「違うわ。わたしも協力してやるって言ってんだ」

雪は、マスクを被る春雄を見て、町を生き返らせるヒントがある気がした。不確かだけど、確かな手触りのようにも思えた。その深層にかくれたヒントを、田んぼの稲の匂いをすーっと吸いこみながら、しばし腕を組み、探った。

「あ、あれか」

町に帰ってきた日に、商店街ですれ違った若者たち。ミカン箱の上にのった春雄に、馬鹿みたいに熱い応援をされ、半笑いの嘲笑を返して、雪と花の横を通り過ぎて行った若者たち。

あの子たちが、ヒントだったのだ。

✤

そこからの雪は早かった。根がせっかちだ。春雄が人生を二周しなければ考えられないことを、雪は一秒で思いつく。思いついたが最後、雪はなにがあっても行動する。むかしからそういう女だ。ブルドーザーみたいに、固い壁だろうが、コンクリートだろうが、ぶっ壊してでも、雪は進んでゆくのだ。

「町長！　いままでよくものうのうとこの町でやってきたわね！　何やってたの！」

雪はすぐさま役所の会議室に、大蔵をふくめ役員三人を招集した。

「おかえり……雪」

大蔵が、いきなり怒られ落ちこみながら、挨拶を返した。

雪はお構いなしに、町長たちを横並びに座らせると前に立ち、まるでアメリカの大統領みたいに威厳たっぷり、思いのたけを話しだした。

「夢の町が景気がいい？　……知るか、そんなこと！　ビビってんじゃないわよ！」

「はい」

みな一斉に、首を縦にふって答えた。

同じく命じられるがまま、マスクを被らされ雪の横に立たされた春雄は、怒声に背をただし、訳もわからぬまま次の言葉を待った。

「なんだこれ？」

雪が先日の新聞を片手に、ヒラヒラと振る。町をダムにするかもしれない県知事の顔が、雪の手によりゆらゆら揺れた。県知事が新聞記者に語った名言を、雪が唱える。

「『誰が道半町をダムにするなんて言ってるんですか？　わたしはそんな話聞いたこともない？　たとえばだけど、この町が末期癌？　わたしが医師なら……患者を見捨てない!?』上等じゃねーか！　あのヒラメぬらりひょん！」

完全に雪の目がすわっている。目の前にある机を、勢いよくドン！　と拳で叩いた。

「WE　CAN　CHANGE！　WE　CAN　DO　IT！」

もう大蔵たちは、この恐怖のリーダーの前にカエルのように固まった。

「時間なんて思ってるよりないんです！　この町で生きていく人のためにも！　いや！面倒くせぇ！　この道半町で死んでゆく人間のためにも！　みんなで力合わせて、道半町を笑って死ねる町にしましょう！」

「雪、おまえ次の町長選でろ。ワシよりよっぽどむいとる」

大蔵が歯切れのいい雪の演説に感動し拍手した。

「とにかくこの町がダムに沈む前に、力ずくでも町を盛りあげて、人を呼びもどさないとどうにもなりません！　人を呼びもどしましょう！　町がダムに沈むことが決まるまで、あと四か月しかないのよ？　のんびりなんてしてられない。たとえ憲法違反しようが力ずくで、みんなで奇跡起こしましょう！　打倒県知事よ！」

春雄も感動し、拳を握りながら、「サブイボ立ったぞ！　雪！」と叫んだ。すぐさま

「うるさい！　わたしが喋ってんの！」と怒られ、サブイボマスクは項垂《うなだ》れた。

　雪は、ふーっと息を吐き、ゆっくりと町長たちを見つめた。

「……いろいろ偉そうなこと言ったけど、綺麗《きれい》ごとなしで言うとね、わたしもこの町に帰ってきて、どうにかここで生きていかなきゃならない。娘、育てないといけないの。そのためには、働ける場所。それがないとどうにもなんないよ。まず商店街のシャッターが開いてくれれば、働ける場所をつくれる。この町に働ける場所ができれば、わたしも子供育てられる」

　みなが活気にあふれ賑《にぎ》わう道半町商店街を、それぞれ思い浮かべた。雪は、覚悟を決めたように長い髪の毛をキュッと後ろで束ね、ゴムで縛った。

「この死にぞこない町の未来は、このサブイボマスクに賭けるしかない」

　雪の言葉に、みなが春雄を見た。

「どうやって」

　大蔵が眉間を狭め、訊いた。

「町おこしにかけられる予算って、どれくらいある？」

「正直言って、ないに等しい。申し訳ないが」

　雪はなぜか笑った。

「大丈夫。ないならないなりの闘い方しましょう。まず、春雄にはこのまま、サブイボマスクとして定期的に商店街でライブをやってもらう。最低でも週六回。一日ツーステージ」

「ツー！　しかも六回って、ほぼ毎日じゃねーか！」

春雄もさすがに驚いた。

「でも雪、そんなに唄わせても、客なんてそう来ないぞ？」

大蔵がまっとうな意見を言っても、雪は想定内みたいな顔をして動揺しない。

「それでいいのよ。お客さんいなくて」

「は⁉」

雪以外の一同が、同時に叫んだ。

「最初はね、最初はそのほうがいい。そのほうが、アイツらは喜ぶ」

「アイツら？」

春雄にも町長たちにも、雪の狙いが見当もつかない。

「春雄、いつもみたいに、みんなを応援してみ」

「はい？」

「いいから早く！」

「はい！　えーと……」

春雄がマスクの下の目を閉じ、鼻からいっぱいの空気を吸いこむ。そして、拳を握った右腕を、会議室の天井めがけ高く突きあげた。

「みんなー！　笑ってますかー！　感動してますかー！　笑えば明日がやってくるさ！　こんにちは、サブイボマスクです！　みんな、がんばれー！」

　春雄が会議室の中で、満面の笑みを浮かべながらポーズしている。雪は、すぐさま町長ふくめ三人の役所の人間に質問した。

「ではみなさんにお聞きします。率直な、春雄の印象は？」

「暑苦しい」

「ひとりよがり」

「声がでかくてうるさい」

「馬鹿みたい」

「いや、じっさい馬鹿」

　拳を突きあげたまま、春雄は落ちこんだ。と、雪がシメシメみたいな顔で腕を組んだ。

「それなのよ、それ。春雄は、ようは『さむくて、ウザい』の。そこを使わない手はない。お金もない町が、どうにか世間様に注目してもらうには、春雄の熱くて馬鹿でひとりよがりで声がでかい特性を見てもらうしかない。ウザくて上等、さむくて結構なのよ。ネットの世界ではね」

「ネット？」

ネットがなんのスポーツのことなのか、春雄と大蔵は瞬時に考えたがわからずに、顔を見合わせた。わからないので、とりあえず雪にネットのことは任すことにした。

雪は、笑った。雪は、サブイボマスクになにかヒントがある気がした。そして思いだしたのは、商店街で春雄に暑苦しい応援をされた、若者ふたりの言葉。

「くじけねーバカって、ウザいな」

「さむいよ、サムイ」

春雄は、いや、馬鹿みたいにマスクを被った春雄は、アイツらの大好物ではないか。それこそ、お金をかけず、いや、ミカン箱の上でマメカラで唄えば唄うほど、良いプロモーションになる。ネットの世界は、突っこめる対象を待っている。もう、アイツらなんて言ってはいけない。ネットの中にいるあの人たちが、町を救ってくれるはずだ。もう、そこに賭けるしかない。この町をダムにしないためには。

春雄に、いや、馬鹿みたいに暑苦しいサブイボマスクに。

この町は、賭けるしかないのだ。

【うごきだした、町】

雪はまず、ゴンスケの絵に目を付けた。

ゴンスケが白い画用紙いっぱいに描いた、サブイボマスクの絵。子供みたいに純粋に、愛情こめられ描かれたサブイボマスク。いいではないか。

雪はいま、不純である。天然記念物みたいに純粋な春雄をサポートするには、自分まで純粋になってはいけない、そう雪は思っていた。純粋が純粋を支えれば、その船はきっと沈む。だから、がんばって不純でいなくてはいけないのだ。でも一方、不純でいるには純粋さを忘れてはいけない。生のとなりに死があるように、相対する存在が必要なのだ。ゴンスケの絵は、純粋さの証《あかし》だ。その証だけは、雪自身も心に刻んでおかなければいけない。この町の闘いが終わるまでのお守りだ。悪魔にならないためにも。

だから雪は春雄に、「ゴンスケが描いた絵で、サブイボマスクTシャツをつくってはどうか?」と提案した。春雄は、

「雪！　おめー天才だ！」

と笑い、商店街へと走りだした。むかった先は、「ブティック　おしゃれ」。カツラの虎二の店だった。

「Tシャツつくる!?　俺が!?」

「そうだよ虎二さん！　ゴンスケの描いたサブイボマスクの絵を使ってよ、Tシャツつくって欲しいんだ！」

今日は茶髪のサーファー風なカツラを被《かぶ》った虎二は、困惑した。雪はそのカツラを見て、十二年ぶりにも拘《かか》わらず「今日は水曜日だな」と思った。虎二は、月火水木金土日と、七色のカツラを使い分ける。本人も、

「自分のカツラを見れば何曜日かわかるので、ゴミ出しにも便利だ」

と言っている。カツラ界のファンタジスタなのだ。

しかし虎二は、

「無理だよ、無理。Tシャツなんて。俺、つくれねーよ」

と、あきらめ顔で老人のももひきを、はたきで叩《たた》きだした。春雄は唾が飛ぶのも気にせず、詰め寄る。

「虎二さんアパレルだろ！　この町いちばんのおしゃれボーイじゃねーか！」

「売ってる商品これだぞ？　それに『ブティック　おしゃれ』なんて店名つける、俺のセンス信じるなよ。自信ねーよ」

「自信なんてなくていーんだよ！　ただ、自分だけは疑うなよ！」

三十歳の春雄が、五十過ぎの虎二の目を、まっすぐに見つめている。雪はゴンスケと手を繋《つな》ぎながら、「きたぞ、いいぞ、やれやれ」と心の中でつぶやいた。春雄のまっすぐな視線に、虎二が動揺している。それでいい、春雄の魅力をわたしは知っている。春雄の土足で人の心に上がりこんでくる純粋さ。この純粋さにかかれば、なにかを諦めた人間は心が痛くなる。痛くなればいいのだ。そうすれば、生き返る。わたしのように。

そう雪は思いながら見守った。

「……無理だって」虎二がつぶやく。

「無理じゃねー！　自信なんてなくてもいい！　でも、とにかく自分のことだけは疑うな！　自分が自分を疑ったら、全部が悲しいじゃねーか。自分が、可哀想じゃねーか。いいか虎二さん。虎二さんがやんなきゃ駄目なんだよ！　ゴンスケが描いた絵を、洋服屋の虎二さんがTシャツにして売る！　それを町のみんなが買って、着る！　みんな回りだすじゃねーか！　町おこしの第一歩だよ！」

虎二がうつむいた。と、ゴンスケが笑って、虎二の頭からサーファー風の水曜日のカツラを脱がした。ゴンスケは、水曜日のサーファー風のカツラが、大のお気に入りなのだ。ゴンスケにカツラを取られることに慣れっこの虎二は、ふーっとため息をつき、雨だれのような禿《は》げ頭を、力なく指さした。そして、言った。

「春雄、もう諦めろ。前にも言ったがこの町はもう死んでる。生き返らねぇ。俺の毛根と一緒だ」

「叩けよ」春雄がまっすぐに虎二の目を見つめる。

「もう叩き疲れた。かさぶたできるほど叩きつづけたよ。でも一本も毛は生えねぇ」

春雄は、目を閉じ考えた。

「……はがれた芝生だって……水を与えれば、また草は生えるさ」

「名言風に俺のハゲを例えるな！　芝生ってなんだ！　芝生って！」

頭に来た虎二は春雄の首をヘッドロックし、憎らしそうに春雄の頭を叩きだした。もう、虎二を動かすにはここを突くしかない——雪は、ゆっくりと虎二に歩み寄った。

「嫁さん欲しいんだって？」

虎二が、雪を見た。

「サブイボマスクが唄って、町に人がくるようになれば、嫁さん見つかるかもよ？」

「なに？」虎二が餌に食いついた。

「ようは数の問題よ。五人の女と町コンするより、五百人の女と出会ったほうが、その死んだ芝生を愛してくれる人間、見つかるかもしれないじゃない。ちがう？」

虎二は真剣な顔で、床を見つめた。床に、自分を待つ五百人の女体を、想像してみた。答えは出た。

「やる。つくるよ、Tシャツ」

「虎二さん！」

春雄が満面の笑みで虎二の肩を握ったが、虎二はその手をはらうと真剣な顔で、雪の顔に、ヌッと自分の顔をよせた。

「雪」

「な、なによ」

「町おこしに成功しても万が一、俺に嫁さんが見つからなかったら……いや、この死んだ芝生を愛してくれる人間が現れなかったら、そのときは雪……おまえが責任とって俺の嫁さんになれよ」

雪は、死にたくなった。春雄がそっと、「頷《うなず》け、頷け」と雪にサインを送る。雪は春雄に売られたことに腹を立てたが、でも仕方ない。自分が仕掛けた喧嘩《けんか》だ。闘いだ。生きるか死ぬかは、この禿げ頭にかかってる。乗るしかない。そう思った。

「わかったわよ。そのときはわたしが嫁さんになってやるわよ」

雪がそう言った瞬間、虎二は何十年ぶりかの満面の笑顔をみせて、「やったー！　やったー！　春雄！　俺にも嫁さんできるー！　やったー！」と言いながら、春雄に抱き付いてぐるぐる回りだした。

雪はゴンスケに、「死ぬ気で町に人呼ぶわよ」とつぶやきながら、満面の笑みの虎二を見て、「ほんとうに春雄の言う通り、笑顔は伝染するのかも」と、ちょいと思った。

✤

こんどは虎二も加わり、肉屋のミツワを口説きにいった。ミツワはシャッター商店街となったこの町で、数少ない店を開けてくれている人だ。巻きこまないわけにはいかない。でもミツワは、しぶった。

「いまさら無理だ、春雄。商店街もりあげてーって言ってもな」

「ちいさな一歩からだよ！　な、おじちゃん。前みてーに店の前でコロッケ揚げてくれよ！　俺とゴンスケなんて、あのコロッケでおおきくなったようなもんだぜ!?」

「おめーな、コロッケ揚げて誰も買わなかったら、店がいくらの損害になると思う？　売ったたって、たいした利益にもなりゃしねーんだぞ？　そこ、わかってるか？」

春雄は、ぐうの音も出なかった。が、考えた。ふー、ふーと鼻から空気を荒々しく吸いこみだす。名言が浮かばないと頭がショートしはじめる。雪は、「やれ、いけ」と、心中で背を押しながら、春雄を見つめた。

「セイ！　セイ！　セイ！」

春雄が店の前で、正拳突きをはじめた。ゴンスケもうれしそうに、正拳突きをはじめる。サーファー風のカツラの虎二も横に並び、正拳突きをしはじめた。春雄が叫んだ。

「俺！　おじちゃんがもう一回この町盛りあげるって言うまで、ここ、どかねぇ！　おじちゃんがもう一回コロッケ揚げるって言うまで、俺、ここどかねぇ！」

「俺も、嫁がくるまで、どかねぇ！」虎二も叫ぶ。

「どきません！」ゴンスケも笑顔で参戦する。

「セイ！　セイ！　セイ！」

男三人が、懸命に店の前で正拳突きしている。

「おまえらこえーよ。邪魔だよ、客いねーけど」

春雄はポケットからマスクを出し、被った。ミツワは懐かしいサブイボマスクに、亡くなった茂雄を思いだした。春雄はまっすぐにミツワを見て、再び正拳突きをはじめた。

「サブイボマスクだ！　肉屋のミツワさんに告ぐ！　この町で暮らす人たちは、この町で売っている肉をたべるべきだ！　肉屋のミツワさんが売った肉を、町のみんなが買ってたべる！　そして肉をたべ元気になったみんなが、また働く活力を得る！　町が回る！　明日がつづく！　だから、コロッケ揚げるまで、サブイボマスクはどかねぇ！

セイ！　セイ！」

「春雄、俺でさえ、肉、夢の町の「ドリームタウン」で仕入れてんだぞ。諦めろ」

春雄は目を血走らせながら、店先で眠るミツワの妻を見た。

「おばちゃん！　起きろ！　起きろ！　俺知ってんぞ！　おばちゃんここで寝るようになったの、おじちゃんがコロッケ揚げるの諦めたときからだって！　俺知ってんぞ！起きろ！　起きろおばちゃん！」

「やめろ！」

ミツワは激高した。息を切らしながら、店の奥へ引っこんだ。

春雄は、虎二にTシャツづくりを急いでもらうために帰ってもらい、ゴンスケは雪に託し、夜明けまで店の前で、正拳突きをつづけた。

✤

佐吉は、夢の町に来ていた。県いちばんのショッピングモール「ドリームタウン」。おおきな建物に気圧《けお》されながらも、佐吉は愛するヨっちゃんに会いにやってきた。入り口に鎮座する、ピンクの可愛いウサギのピョン子ちゃんと、異常に白い歯で笑う気持ちの悪い町長が並んで写る巨大パネルにガンを飛ばしながら、紫色の特攻服をなびかせ、待ち合わせのフードコートへむかった。

同い歳のヨっちゃんとは、この町でバイトしているときに知り合った。彼女もなかなかのヤンキーで、「尾崎豊より、エグザイルが好き」というのだけは意見が合わなかったけど、脱色しすぎて傷んだ茶髪が似合う、可愛い女の子だったのだ。

　フードコートのソファーの上でウンコ座りしながら、「こんなに美味《うま》いものがこの世にあるのか」と、佐吉は感動した。となりで、さっきからずーっと、愛読誌「月刊ヤンキー魂」を読んでいるヨっちゃんに訊いてみた。

「な、ヨっちゃん。これ、すごくうめー。これ、なんていうんだ？」

「フレンチトースト」

「フレンチトーストか……すげー甘いな」

　佐吉ははじめてたべたフレンチトーストの甘美さに、心底微笑んだ。

「シロップかかってっかんな、そりゃ、あめーな」

「俺こんな甘いもんはじめて食ったよ。俺の町じゃよ、甘いもんといったら、キットカットとガリガリくんしかねーぞ……すげーな、夢の町。すげーな、ドリームタウン」

「ねぇ、サッキー」

「ん？」

　佐吉が、満面の笑みでヨっちゃんを見る。ヨっちゃんは、自分のことを佐吉ではなくサッキーと呼んでくれる。そこも、佐吉は大好きだった。

「なに？　ヨっちゃん？」

「あのさー、いいかげんさー、サッキーの族の仲間、紹介してよ」

佐吉は動揺し、ナイフを床に落とした。

「うちも町に、『夢の町連合』って族があんの。そこの頭はってるシンスケくんっていうのが、アタイの幼馴染《おさななじみ》なんだけどさ」

「……おう」

「シンスケくんに、『あたいの彼氏が、ストリートセンターって族の頭はってる』って言ったら、会わせろって」

「……ふーん」なんて、余計なことを言ってくれるのだと佐吉は心で泣いた。

佐吉は頭は頭だが、メンバーが一人だから自動的に頭なのだ。そして正直に言えば、バイクのスピードも怖いし、喧嘩もしたことがない。本当はバイクに乗るよりもカブトムシを獲《と》る方が好きだ。でも、なんとかしなくては……佐吉は自分を奮い立たせた。

「おぅ……そのシンスケとやらに言っとけよ。『いつでも道半町来いよ』って。一緒に……バイクで走って、『あの境界線の向こうに行こうぜ』って、言っとけよ」

「で、サッキーんとこ、何人いんの?」

「……ご、……五十人くらい」嘘をついた。四十九人足りなかった。

「すげーじゃん。夢の町連合より多いよ。シンスケくんのとこ、三十人くれーだもん」

佐吉は焦って、テーブルの上の水の入ったグラスを倒した。と、「見て、見て」と、ヨっちゃんが「月刊ヤンキー魂」の、とあるページを指さした。絶対に出会いたくない、凶暴そうな男を中心に、三十人ほどの輩《やから》がバイクの前でウンコ座りしていた。ページの見出しを見ると、〈今月の暴走族紹介！　気愛！〉と書いてある、暴走族の投稿ページだった。

「これがシンスケくん。これが夢の町連合」

「……へー、たいした人数じゃねーな」

「サッキーの族もさ、このページに投稿しなよ。アタイ、みんなに自慢したいし」

佐吉は怖くて、テーブルの下で自分の太ももをつねった。

「おぅ……みんなに声かけて、雑誌に送んよ……でもよ、ちょいと俺も問題山積みでよ。じつは俺の町にサブイボマスクって奴が現れて、町荒らしはじめてんのよ。ただ変なマスク被ってやがって正体わかんなくてよ、いま必死に族のみんなで、そいつの正体、調べてんだ」

「へー、やばくね？」

「やべーよ、激やべーよ」

佐吉は道半町でただ一人、サブイボマスクが春雄だと気付いていなかった。

「ま、でも、写真撮って投稿してね。アタイ、自慢してーから」

「……わかったよ。投稿すんよ」

佐吉は、その問題は置いておいて、今日、付き合って二か月のヨッちゃんに、大事な話があった。そのために今日は夢の町まで、時速二十キロでバイクをかっ飛ばしてきたのだ。佐吉は緊張して渇いた口の中を、メロンジュースで潤した。そして精いっぱいの勇気を出し、愛するヨッちゃんに告白した。

「な、ヨッちゃん……俺たち、高校出たら……結婚すんべか」

ヨッちゃんは表情一つ変えず、「月刊ヤンキー魂」のページをめくって答えた。

「無理だな。サッキーの町、ドリームタウンねーしな。買い物とか、めんどくせーかんな」

「……うめーな……フランストースト」

「フレンチトーストな」

佐吉は、夕日に染まる道半橋を、時速三十キロまであげて十五の夜を唄いながら、泣きながら疾走した。甘いものはキットカットとガリガリ君しかない道半町へ、帰ってきた。ふと町の老人が言った、「この橋は、みんなの流した涙で、おおきくなった」という言葉を思いだした。泣いて泣いて泣きながら、「♪ぬーすんだバイクで走りだす！」と、ちゃんとバイトして買ったバイクを運転しながら夕日に消えていった。

✤

一週間後の、夕暮れ染まる道半町商店街。いまだ、ほとんどの店舗のシャッターは閉じている。グレーに染まっている。が、変化はある。まず、全長二百メートルほどの商店街の間に、

「道半町を盛りあげよう！　サブイボマスクだ！」

と印刷された旗が、いたるところに飾られた。その数、五十七本。町長が自分の年齢の数だけ、自腹で旗をつくった。

「五十八本目は、みんなでつくるんだ。町のみんなで」

そう、うれしそうに大蔵は春雄たちに話した。

そして、まだ、変化はあった。八百屋さんが、店をちゃんと開けてくれた。

「気が向いたら、開け〼」

何年も貼られつづけた紙は、もうシャッターに貼られていなかった。虎二、大蔵、役所の職員、雪、ゴンスケ、春雄……毎日足しげく商店街に通い、説得をつづけた。

「もう一回、この町盛りあげよう！」

「ダムになんて、してたまるか」

マスク姿の春雄は何度も叫び、大蔵も虎二も「この春雄がサブイボマスクになって唄ったらよ、絶対に人がくるようになる。だから、もういちど店、開けてくんねーか」毎日毎日、嫌な顔をされようが通いつづけた。その結果、たった一軒だが、八百屋の八蔵《はちぞう》さんは「わかった。毎日開けるよ。売れなくても、開ける」と言ってくれた。前進しているのだ、サブイボマスクは。

ミカン箱の上に、緊張しまくった春雄が立った。マスクを被りサブイボマスクとなった春雄の着ているTシャツは、まっさらで、まだ袖にきちんと線が入っていた。胸元には、ゴンスケが描いたサブイボマスクのイラストがプリントされていた。その下には、『サブイボマスク』と、ネームまで入っている。

今日は金曜日なので、虎二は敬愛するジョン・レノンを意識した、マッシュルームカットのカツラを被り、誇らしげに立って春雄を見つめていた。

虎二は一週間、飯もほとんどたべず不眠不休でサブイボTシャツをつくった。うまくつくれなくても諦めず、店の奥で、「嫁……嫁……」と怨念のようにつぶやきながら完成させた。結局ゴンスケが描いたイラストをコピーして、アイロンで貼りつけるシンプルな技法になった。虎二は、久しぶりになにかに熱中したこの一週間の自分がとても誇らしかった。店頭には、何十年かぶりに引っ張りだされたマネキンが立ち、その躰《からだ》には

しっかりサブイボTシャツが着せられた。マネキンの躰に貼られたポップには、

「来たれ道半町！　着たれサブイボマスクTシャツ！　来たれ嫁！　PS　サイズ　S　M　L　LLあります　PS　貯金も結構あります　次男です」と書かれていた。

目の下にクマをつくった虎二が、春雄に確認する。

「春雄、Tシャツ、最強か？」

「あー虎二さん！　最強だ！　最強のサブイボTシャツだ！　最強ーー！」

春雄が叫ぶと、サブイボTシャツを着た虎二さんも拳を突きあげ叫んだ。

「最強ーー!!」みな、春雄の口癖が移ってしまった。飯をたべても「最強」、トイレへ行っても「最強」、いやなことがあっても、すぐ「最強」と言ってしまう。


今日は大事な日。いま商店街にいる雪、ゴンスケ、春雄、虎二、町長、みな、サブイボTシャツを着ていた。この道半町の命運がかかった、スタートの日。「この作戦が幸《こう》と出れば、この町はサバイバルに勝つチャンスがのこる」。が、「この作戦が失敗に終われば、もうこの町にチャンスはない」。雪は心の中でその言葉を繰り返しながら、三脚の上に乗せたビデオカメラの前に立っていた。

「雪……ほんとにカメラの前で唄わなきゃいけないのか？」

春雄が不安げに訊いてくる。

「うん」

「なんで？」

「馬鹿なんだから考えんな」

「教えろよ」

「ネットに流すの」

「テニスコートのネットに流すのか？」

「そうそう、バレーボールのネットにも流してあげるから。とにかく考えんな、馬鹿なんだから」

雪が言うと、春雄はめずらしく自信なさげな顔をして、右手に持つ黄色いマメカラを見つめた。

「雪……マメカラ、馬鹿にされるかもしんねー」

子供みたいに顔を曇らせて、春雄が訴える。雪は笑いながら、「それが狙いよ」と答えてやった。

「ね、狙い⁉」

馬鹿な春雄に時間をかけている場合ではない。春雄が台詞《せりふ》を忘れぬうちにさっさと撮影しなければと、雪が号令をかける。

「いいから春雄！　行くぞ！　わたしが『よーいスタート！』って叫んだら、覚えた台詞言って、はじまりの唄、そのマメカラで唄え！　全力でだ！」

「はい！」春雄は大声で答えた。

「いくぞ……よーい……アクション！」

「お！　俺の名前はサブイボマスク！　み、みんなに、いや……みんなと、みんなが、笑顔に伝染……ごめん、噛んじゃった」

「カット！　馬鹿やろう！　勝手に止めんな！」

「だって雪が『スタート！』って言ってからっていうのに、『アクション』とか言うから」

「うるさい！　カットでもアクションでもどっちでもいいんだ！　ほら！　町がダムに沈むぞ！　いけおら！　よーい……スタートアクション！」

「お！　俺の名前はサブイボマスク！　みんなに笑顔を伝染させる謎のシンガーだ！　この……この動画をテニスコートやバレーボールのコートのネットで観てくれてるみんな！　道半町いいとこ、一度はおいで！　では、みんなへの応援歌、はじまりの唄を唄います！　届け！　俺の唄ど真ん中にー！」

　春雄がマメカラの再生ボタンを慌てて押す。イントロが流れた。雪はレンズをのぞきながら、「行け……行け春雄。あんたにこの町の命運はかかってんだ」と、はじめてきちんと、神様に祈った。

春雄にスイッチが入った。目を閉じ、みかん箱の上でリズムを取りだしている。いける。いけ、飛べ、サブイボマスク。

♪今　始まりの時だ　急いで準備を
流れる汗と涙　光れ　光れ
未来にぶっ飛ばした　希望のロケット
まだ遠く離れてないよ

道に迷ったら　真っ直ぐに歩くんだ
前だけ向いてりゃ　後ろ指も届かない
弱虫毛虫で　つまずいても最後には
笑う奴が最強

ミカン箱の上でサブイボマスクは熱唱する。キーが外れようが、声が裏返ろうが、お構いなしだ。春雄が乗ってきた。もう春雄の中で、ミカン箱はミカン箱でなくなっている。いつもと同じく、それ以上に、春雄の足元は、どのライブ会場にも負けないくらいの、おおきなステージなのだ。

そのミカン箱のステージから、サブイボマスクがジャンプして飛び降りた。

♪今　立ち向かう時だ　握りこぶしで
目の前にある扉　叩け　叩け
ほら　同じ空の下　飛び出して行こう
誰も間違ってないよ　何も間違ってないよ

サブイボマスクが、「ブティック　おしゃれ」の店の前まで唄いながら近づいた。雪はカメラで春雄を追いつづける。ノリに乗った春雄が、まるでスターのボーカルがよくやるそれで、虎二の躰に寄り添い微笑み唄う。自信をとりもどした虎二までノッてきて、ハタキをギターに見立て、弾きはじめた。いいぞ、いけ！　もっといけ！
するとこんどは、興奮したゴンスケが走りこみ、目を閉じハタキのギターを弾きつづける虎二の頭に手を伸ばした。バッ！　とマッシュルームカットのカツラをもぎ取ると、満面の天使の笑顔で、カツラを商店街の奥にブン投げた。雪は思わず、「よし！　でかしたゴンスケ！」と叫んだ。いま、レンズの中では、馬鹿みたいなマスクを被って唄うボーカルの男と、まさかカツラを投げ飛ばされたとは知らない禿げた中年がハタキでギターを弾き、寄り添い唄っている。

サブイボマスクは唄いつづける。
雪は春雄には言わないが、次の歌詞の部分が大好きだった。ストレートで、なんの気取りもなく、春雄の優しさが聴いている方に伝わってくる歌詞だった。

♪生きることは苦しいかい
生きることは悲しいかい
神様に鼻で笑われても　僕は信じることを止められない

雪はレンズをのぞきながら、バレないように涙を拭いた。どうもあの日から、涙がすぐ出るようになってしまった。泣き虫にもどってしまった。これじゃ、女子みたいだ。いや、いいか、わたしは女なのだ。娘の花の前以外では、悲しかったら泣けばいいし、うれしければ泣けばいい。こうして感動して、熱くなって、泣いたっていいじゃないか。死ぬ気で明日にむかっているのだから。そう雪は思いながら、カメラを摑む手にグッと力をこめた。「信じるんだ。明日を。そのためにまずいまを信じるんだ。自分自身も、町のみんなのことも」そう念じた。

♪今日からが始まりだ　三十秒で準備を

流れる汗と涙　光れ　光れ
未来にぶっ飛ばした　希望のロケット
まだ遠く離れてないよ　それほど離れてないよ
いつか必ず届くよ

と、奇跡が起こった。商店街のいちばん奥の電柱のかげで、佐吉が撮影にも気付かず、死にそうな顔で、頭にヘルメットを被った小学生五人を引きとめ叫んでいる。

「おまえら！　ウンコ座りしろ！　写真撮っから！」

「えー、めんどくせーよ、佐吉」

と小学生にまで馬鹿にされている。それでも必死にリーゼント頭の少年は、石の上に置いたデジカメのセルフモードのボタンを押し、小学生の元へ走ってもどってきた。と、小学生たちの白ソックスを写らぬように足首まで下げ、

「おめーら足元しか写んねーけど気合いれろよ！　これは全国の暴走族雑誌に載るんだ！　オレはな！　わずかな恋の可能性にかけてんだ！」

と叫び、全力でカメラにメンチを切ると「おりゃ！」と必死に眉間《みけん》に皺《しわ》をよせ、写真に収まった。と、「バーカ！」「バーカ！」と佐吉は小学生に押し倒され、小学生は走って帰っていった。

もちろん、雪はこれもカメラに収めた。佐吉がそれに気付いた。サブイボマスクを憎々しそうに睨《にら》み、ゆっくりと改造バイクにまたがり、二回転んで、超安全運転で帰っていった。もちろん、雪はこの映像もカメラに収め、

「奇跡は起こるものだな」と、おもわず笑った。

そして商店街の中ほどで、こちらを気にしながら見ている肉屋のミツワを発見して、なお、笑った。

雪はこうして撮った「サブイボマスクのプロモーションビデオ」を、わざとダサい編集をして、わざと安っぽい仕上がりにして、ＹｏｕＴｕｂｅに流した。

一週間後、みなを役所の会議室に招集し、再生回数の結果発表をした。ようやく「ネット」が、テニスコートのネットやバレーボールのコートのネットでないことを理解した春雄は、期待の表情で雪のパソコンの画面をのぞいた。

結果は一週間で、百十一回の再生回数だった。

春雄も大蔵も虎二も、期待していたイメージより少なかったのか残念そうな顔をした。しかもその百十一回の再生の内訳は、「雪が十回」見て、「町長も十回」見て、「虎二さんは自分が出ているのがうれしくて三十回」見てしまって、いちばんはネットを理解してしまった春雄が、近所の中学生をつかまえてスマートフォンで「六十回」も観まくっ

ていた。なので純粋に「サブイボマスクのプロモーションビデオ」を観た人間は、

「一人」

だった。

が、雪はこの一人がいることが重要なのだと、認識していた。だから雪は、「大丈夫、大丈夫。これから、これから」とみなを安心させた。それにＹｏｕＴｕｂｅが駄目でも、雪は、最終手段のジョーカーのカードも胸の中に潜ませていた。とにかく春雄が立ちあがり、ゴンスケが導き、大蔵が血を巡らせ、雪も巻きこまれ、虎二もやる気をとりもどしたことが大切なのだ。そしてこの動画を——一人は確実に観たのだ。観てくれたのだ。

雪は祈った。この世界中で見知らぬ、この、「一人さん」に。

「どうかかっこう悪い、暑苦しい、ウザくてさむいサブイボマスクを、次の一人につないでください」とつよくつよく願い、作戦会議している男衆を尻目に、パソコンのキーボードを叩いた。

〈この動画を観てくれた「一人さん」へ　どうか、サブイボマスクのウザさを、お広めください
＃道半町ｷ有志＃サブイボマスクファン第一号より〉

動画のコメント欄に、雪はしなやかなタイピングで打ちこむと、まるで神社で参拝するように、パン！　パン！　と二度手を叩き、祈った。


そして、町に奇跡はつづいていった。

それはやはり、春雄がもたらした奇跡だった。

春雄に自覚はないのだろうけど、春雄はやはり、笑顔を伝染させる謎のシンガー、サブイボマスクだったのかもしれない。ナチュラルボーン・笑顔なのかもしれない。

✤

ミキは店のノートパソコンを広げ、思わず笑ってしまった。

戦場のようなランチタイムをくぐり抜け、ようやく迎えた店の休憩時間。もういちど、昨日見つけたあの動画が観たくて、ＹｏｕＴｕｂｅをひらいたときだった。サブイボマスクの動画のコメント欄に、昨日はなかった書き込みがあった。

〈この動画を観てくれた「一人さん」へ　どうか、サブイボマスクのウザさを、お広めください

〈#道半町#有志#サブイボマスクファン第一号より〉


ここは東京、三軒茶屋。駅からすこし歩いた裏路地にあるおしゃれなカフェ。大学時代の親友、聡子《さとこ》がオープンさせた、居心地のいい、オーガニック系のカフェだ。

ミキは、この店で働かせてもらってもうすぐ一か月がたとうとしていた。

「春雄ちゃん、元気かな？」

あれは昨日のこと。ふと春雄のことを思って、ミキがなにげなくパソコンのキーボードに、〈道半町〉と打ちこみ検索したときだった。二ページ目の画面に、ＹｏｕＴｕｂｅのリンクが貼られ、

『笑顔を伝染させる謎のシンガー　サブイボマスク誕生！』

と書かれて、なんだかへんてこな、まるで鶏のようなマスクを被った男が唄う、静止画像のサムネイルを見つけた。ミキはそれを見た瞬間に満面の笑顔になり、

「あ！　春雄ちゃんだ！」

とすぐに叫んだ。へんてこなマスクと、そのマスクが描かれたＴシャツを着ている謎の男は、どこからどう見ても、あの春雄ちゃんだった。

農業ガールプロジェクトに参加して、たった三か月しかともに過ごさなかったけれど、あの、トレードマークみたいな青いジーパンに、古いＧ―ＳＨＯＣＫを腕に巻き付け、

まっ白なアディダスのスニーカーを履いている。

それに、「ミカン箱の上があんなに似合うのは、この世で春雄ちゃんしかいないもの」と、ミキはすぐにわかった。

ミキは興奮しながら、すぐに動画を再生した。声に出して、笑ってしまった。春雄が、「道半町いいとこ、一度はおいで！　道半町、最強ー！」なんて言いながらマメカラのボタンを押して、唄いだした。その唄はミキが道半町で過ごした三か月では聴いたことがない曲だったけど、これは春雄ちゃんらしい、なかなか素敵な曲だなと彼女は思った。なにより、曲のタイトルがいいではないか。〈はじまりの唄〉。なんとも春雄ちゃんらしいし、いまの自分の気分にもぴったりな曲だ。

またゆっくり観てみよう、ミキがそう思い、今日、カフェの休憩時間にパソコンを開いたときだった。

〈この動画を観てくれた「一人さん」へ　どうか、サブイボマスクのウザさを、お広めください
＃道半町＃有志＃サブイボマスクファン第一号より〉

とコメントが書きこまれていた。

このコメントが、自分に対して書かれたものかはわからなかったが、自分以外にも春雄を応援している人がいる――それだけでミキはうれしい気持ちになった。

「なにそれ？　変なマスク！」この店のオーナーの聡子がパソコンの画面をのぞきこむ。

「ハハハ！　これが、春雄ちゃん」

「え！　あんたが田舎に逃亡したとき、助けてくれたって人？」

「そうそう。その春雄ちゃん」

「笑顔が可愛いって言ってた」

「そうそう」

「なにかというと、『がんばれー！』って正拳突きして叫ぶっていう」

「そう、だからその春雄ちゃん」

ちょうど休憩中なので、ミキは爆音でこの動画を流してやった。春雄扮《ふん》するサブイボマスクが唄う〈はじまりの唄〉が、おしゃれな店内に響いた。

「ミキ、一応うち、おしゃれなオーガニックスタイルのカフェなんですけど」

オーナーの聡子は唄うサブイボマスクを観て文句を言いながら、笑った。

そうなのだ。これが、春雄ちゃんなのだ。春雄ちゃんは、周りの人を笑顔にさせる。

ミキは彼女にも春雄の良さが伝わって、なんだかうれしかった。

ミキは婚約者と別れ、両親にも破談をせめられ、会社にも居場所を失い、実は死のうと思っていた。死に場所を探すようにパソコンを弄っていたとき、たまたまヒットしたのが、道半町のホームページだった。動画のエンジニアをしていたミキから見れば、お金もかかっておらず、センスも悪いホームページだった。が、そこに写る道半町の風景は、とてもうつくしかった。綺麗な山々、田んぼの稲穂が緑に輝く田園風景。

行ってみたいなと、死のうとしていたミキはふと思い、農業ガールプロジェクトに参加してみたのだ。

傷ついた東京からいったん離れ、参加してみて、それでも死にたかったら、その町には申し訳ないが、ホームページに載っていたあの山々の中にでもはいり、そのまま死んでしまおう、そう、思っていたのだ。実際参加してみると、慣れぬ農作業は大変だったけど、やはり土に触れるとなにかが癒されるというのは本当だった。そしてその土よりもうつくしい田園風景よりも、ミキは一人の青年に魂を救われたのだ。

それが、春雄だった。

春雄はミキが道半町に着いた瞬間から満面の笑顔でむかえてくれた。最初はその距離感の近さに戸惑ったが、なんだか不思議な魅力のある人で、ミキもまた、笑えるようになっていった。そしてミキが歓迎会で酒に酔った日、東京で起こった婚約破棄事件を話すと、春雄は目を閉じ、腕を組み、「う〜ん」と唸りながらしばし考え、

「やべー、泣きそうになってきた」

と、自分のことではないのに涙を浮かべ、急に叫びだした。

「ごめん！　俺いま泣きそうなんだけど、父さんが死んだときにね、俺、誓っちゃったの！『俺も父さんみたいに、これからは、絶対泣きません！』って！　だからごめん！　涙は零《こぼ》せないけど、いま心の中はミキちゃんの気持ちになって、号泣してるから！」

と思ったら急に立ちあがって、「がんばれー！　がんばれミキちゃーん！　そんな馬鹿な男は忘れろー！　君が経験したその痛みは、きっとこれから君の人生で起こるどんな便秘や下痢にも耐えられるための、だいじな試練だー！」と、訳のわからない名言風なことを叫んだ。そしてマメカラで島倉千代子の「人生いろいろ」を唄ってくれた。

ミキはこの世に、こんな前向きな人がいるんだと驚き、死のうとしていた自分が、なんだかとても滑稽に見えた。そして、思ったのだ。「東京へもどろう。逃げちゃいけない。もういちど、人生をやりなおそう」と。そして以前から誘われていた聡子のカフェで、働くことにしたのだ。

「あんた、告白されたんでしょ」

サブイボマスクの動画を観ながら、聡子が口をひらく。

「告白って言っても、この春雄ちゃん、たぶん困っている人を助けたいって気持ちがよくわかんなくなっちゃったと思うんだよね。だから思わずわたしに『好き』って言ってくれたんだと思う」

「あんた、まんざらでもなかったんでしょ?」

「うん。結構タイプだった」

「じゃ、なんで遠距離になろうが、いいよ!　って言ってやんなかったのよ」

「彼ね、腕にふるーいG‐SHOCKつけてんのよ」

「うん」

「それね、初恋の雪って子にもらった物なんだって。それ、なんどもうれしそうに話すのよ!　信じられる?　高校のとき付き合ってた子からもらったプレゼント、いまだにつけてんだよ!」

「軽いストーカーじゃん、それ」

「でね、わたしが東京に帰るって言ったら、しばらく悲しそうな顔したんだけど、『わかった、俺、ミキちゃんを応援する!』って笑顔になって、で、言うの。『あ!　ミキちゃん!　ひとつ頼みがある。前話した雪って女が東京でがんばってるから、どこかで雪に会ったら、よろしく伝えといてくれ。で、ミキちゃんもさ、友達になってやってくれ!』って」

「ちょっとちょっとちょっと。その雪ちゃんって子の前情報、それだけ?」

「そう。なのに、会ったらよろしくって伝えてくれって」

「東京に何万人、雪って女いると思ってんのよ！」

「それが、春雄ちゃんなの」

そう言って、ミキはサブイボマスクを見ながら笑った。

春雄は、いつも言っていた。生まれ育った道半町を、もう一度盛りあげたいのだと。

たくさんの人が笑っている町をとりもどしたいのだと。それは大変なことだなと思ったけど、春雄は信じていた。きっとこのへんてこなサブイボマスクという活動も、春雄にとっては命をかけた大勝負《おおしょうぶ》なのだろう。ミキはそう思った。

「よーし」

ミキは手を摩《さす》りながら、ニヤッと微笑み、パソコンの画面を見つめた。

わたしの本職を、舐《な》めんなよ。ちょっと、腕が鳴る気がした。

見知らぬ誰かさんからのメッセージ、〈この動画を観てくれた「一人さん」へ　どうか、サブイボマスクのウザさを、お広めください　＃道半町＃有志＃サブイボマスクファン第一号より〉。この「一人さん」がわたしのことかはわからないけど、サブイボマスクの〈ウザさ〉を、存分に広めてやろうではないか。ミキは舌なめずりしながらパキッと指の関節を鳴らした。

なーに、元の低予算な感じの動画を生かして、ちょちょいと背景に流れ星をいれたり、叫ぶサブイボマスクの横に、くだらない名言を書いてみたり、ゴンスケくんが投げたカツラにピカーン！　みたいな安っぽい吹き出しを入れれば、よりサブイボマスクのサムくてウザい魅力は伝わる。それをこんどはニコニコ動画にあげればいい。そして存分にネット民のみなさまに弄って頂き、罵倒して頂き、突っこんでもらえばいい。春雄は、きっと愛される存在になるはずだ。思うが吉日。さっそく今晩にでも家へ帰ったら、作業に入ろう。それが、自分を救ってくれた春雄への恩返しだと、ミキは思った。

「がんばれ、春雄ちゃん。負けんな」

画面の中で唄うサブイボマスクにミキはつぶやくと、このメッセージをくれたのが、雪ちゃんて女の子なら良いのにな、とちょいと思いながら、またディナータイムを迎えるこのカフェの闘いを、がんばらねば、と席を立った。

【かけがえ】

道半町は、バブルを迎えた。

道半町商店街に、二十人もの人が歩いていたのだ。春雄はこの光景を見て絶句し、九月十二日を「道半町バブルの日」と名付けると言いだした。それくらい、町にとって驚くべき日だった。商店街の店主たちも、久しぶりに大勢の人を見て緊張した。雪も、春雄とゴンスケと虎二と同じように口をあけ、一か月前には想像もできなかった、信じられない光景を眺めていた。

ＹｏｕＴｕｂｅにサブイボマスクの動画をあげてからも、週六回、一日二回行われるサブイボマスクのライブは、はじめたころと観客の数はそう変わらなかった。大蔵や八百屋の八蔵さんたちが熱心に、

「サブイボマスクで、また町を盛りあげよう！」「商店街、きてくれよ！」と毎日地道な草の根活動をしたので、何人か重い腰をあげ来てくれる住民もいた。それでも毎回の

ライブの観客は、十人までが精いっぱいだった。

が、異変が起きたのは数日前。雪がＹｏｕＴｕｂｅにあげたサブイボマスクの動画の下のコメント欄に、メッセージが入った。

〈サブイボマスクファン第一号さまへ　動画、勝手にちょいと弄《いじ》ってみました。下記↓ニコニコ動画リンク先です　いかようにも、ご自由にお使いください。より、熱くてウザいかんじに仕上げてみました（笑）　道半町のご成功をお祈りします。「一人さん」こと、サブイボマスクを愛する、サブイボマスクファン第二号より〉

これを見た春雄は目を見開き喜んだ。「ファンがふたりも！　サブイボマスク最強ー！」と雄叫《おたけ》んだ。雪は「そのうちの一人はわたしだ！」と言ってやりたかったが、慌ててニコニコ動画のリンクを開いた。

春雄がノートパソコンの画面を見てつぶやいた。

「おぅ……すげぇ」

「凄《すご》いわね……」

雪も動画のクオリティーに驚き、時が止まった。

ミカン箱の上で熱唱するサブイボマスクの背景に、キラキラと輝く星たちが流れている。しかもその星たちは、満面の笑顔だった。なんとも可愛《かわい》く、キャッチーだった。雪は、「これはプロの仕事だな」とすぐにわかった。あくまでもダサい、サムい、ウザいサブイボマスクの魅力を消すことなく助長してくれている。サブイボマスクの——いや、春雄の魅力をわかっているうえでの編集だった。

しかも驚いたのは、その映像だけではなかった。

春雄のおぼつかないアコースティックギターだけだった演奏が、劇的に変化している。ドラム、ベース、リードギターとサイドギターまで入っている。それらが〈はじまりの唄〉に乗り、まるでプロのミュージシャンが演奏しているのと遜色なかった。それはプログラミングされた機械でつくられた音源だった。が、まるで生で演奏してもらっている出来栄えだ。春雄は興奮し、「すげー！　すげーぞ雪！」と叫び、ゴンスケと抱きあった。この〈サブイボマスクファン第二号さん〉が、

「ご自由にお使いください」

とくれたメッセージには、この音源の意味もあったのだ。ますます雪はありがたく感謝した。と、感動し、わなわなと震える春雄が雪に尋ねた。

「ところで、これなんて言うんだ？」

雪は、「ニコニコ動画っていうの」と教えてやった。

「いいじゃねーか！　ニコニコ！　みんなニコニコしてんのか！」

叫んだが、一瞬で春雄の笑顔が消えた。

「なんだこれ！　だ……誰もニコニコしてねーじゃないか！」

春雄は、サブイボマスクファン第二号さんがつくってくれた動画の画面上にながれる、「愛情あふれる、言葉たち」を見て、絶叫したのだ。

〈サブイボマスク　超絶笑える〉
〈なぜマスク〉
〈【悲報】唄　ヘタクソ〉
〈サブイボ　熱くるしい〉
〈クソ定期　ｗｗｗ〉
〈なお、この存在　夏なのに　サムいもよう〉
〈草生えた〉
〈マメカラ〉
〈マメカラ　ｗｗｗｗ〉
〈マメカラ　オワタ！　ｗｗｗｗｗｗｗｗ〉
〈マメカラからただよう悲しみ感　異常〉
〈フライング・ヅラ！〉

〈ヅラがとんだ！〉
〈唄ヘタボーカルと、ハゲ親父との謎のユニット　ｗｗｗｗ〉
〈ハゲテルマスク〉
〈安心してください　ハゲてますよ〉
〈安心してください　唄ヘタクソですよ〉
〈安心してください　絶対この商店街　盛りあがらないですよ〉
〈歌詞ウザい。ナームー〉
〈俺に明日はこない　死にさらせサブイボマスク〉
〈サブイボマスクで　全米が泣いた〉
〈ウソ　泣かないｗｗ〉
〈背後霊の一人暴走族も　笑える〉
〈一人暴走族、運転ヘタ。オワタ〉
〈肉屋がのぞいてる！！！！〉
〈腹へった〉

動画を観ている数え切れないほどのネット民からコメントが書きこまれ、画面上に流れていた。雪はそれを見て、「よーーし!!」と天にむかって叫んでガッツポーズをした。

「なにがよーしだ！　雪！　誰もニコニコしてねーじゃねーか！　悪口ばっかだ！」

「馬鹿！　ネットの世界じゃ悪口は愛ある証拠なの！　あんたね！　この動画どれくらいの人に観られてるかわかってんの!?」

　春雄が目を血ばしらせて、腰に手をやった。

「おー、教えやがれ！　なんニコニコだ」

「三万人」

「さ……三万人ニコニコ!?」

　春雄は手の指を折り、数を数えポカーンと口を開けた。

「三万人っておまえ……商店街に三万人も来たら、壊れちゃうぞ？」

「そういうことじゃないの。とにかくあんたのサブイボマスクの映像を、世界中の誰かが三万人も視聴してるってこと！」

　佐吉や、禿《は》げ頭《あたま》になっていることにも気が付かずハタキのギターを弾きつづける虎二もうまく編集され、雪はこの〈サブイボマスクファン第二号さま〉に心から感謝した。

　そして今日、九月十二日、道半町商店街は、バブルを迎えたのだ。


　商店街を歩く、二十人の人々。

　明らかに違う町から来ている客だ。その証拠にその人たちは、若かった。そしてみなスマートフォンで商店街を撮影している。サブイボマスクのライブポスターや、大蔵がつくった応援旗を写真や動画に収めている。写真を撮るやいなや、すぐにまたスマートフォンを弄りだし、なにか書きこんでいる少年がいた。春雄と雪はチラッと、少年のスマートフォンをのぞいた。彼はTwitterに写真をあげ、〈道半町来ちゃった ＃サブイボマスク＃これからライブ＃ウザそう〉と書きこんでいた。

「……よし。間違いじゃなかった」

雪は手ごたえを感じた。一方春雄は、このあと控えるライブに、急に緊張しはじめた。雪は春雄の背中をドン！　と叩《たた》き、「頼むぞ、サブイボマスク！」と叫び、気合をいれてやった。

商店街の中ほどに目をやると、見慣れぬ光景がとびこんできた。いや——なつかしい光景。春雄はゴンスケの手を引き、すっ飛んで行った。

肉屋のミツワが、店の前にフライヤーを置き、コロッケを揚げていた。おでこに手ぬぐいを巻き、それでも流れてくる汗を忙しそうに腕で拭き、絶え間なくフライヤーの中へ具材を放りこむ。

「……おじちゃん」春雄がつぶやくと、ミツワは照れくさそうに、コロッケをひっくり返しつぶやいた。

「コロッケ……もう一回はじめたよ」

「コロッケ！　やったー！」ゴンスケがジャンプして喜ぶ。

「なんかおまえ見てたらよ……俺ももう一回、がんばんねーとなって思ってよ。あ、あとな！　ちょっと俺考えたんだよ！　もしだぜ、もし、おまえがこのまま唄って、商店街にむかしみてぇに人いっぱい来たときのためによ、コロッケのほかにも、このフライヤーでいろいろ揚げてみようと思って……で、そのう……魚屋のゲンちゃんによ」

ミツワが春雄の顔をチラチラと見た瞬間、斜め前の閉じられていたシャッターが、ガラガラと音を立て開いた。

魚屋のゲンちゃんが、久しぶりに姿を現した。プラスチックケースを抱え、笑顔で走ってくる。

「ゲンさん」春雄は目を潤ませた。

「おー春雄！　久しぶりだな！　これ見ろ、これ」

春雄がケースの中をのぞくと、大量の鱧《はも》の切り身が並べられていた。

「いや、ミツワに説得されちまってよ。『なんか、春雄のライブにくるお客さんに、唄聴きながら手軽にスナック感覚で食える魚ねーか？』って」

ミツワがつづく。

「そしたらゲンちゃんがよ、港であがって高級魚なのに骨砕くの面倒くせーって厄介もんの魚いるって。それが鱧よ！　鱧なんていったらおまえ、京都じゃ高級品だぞ。ま、ちょいと骨砕くのに腕と時間かかるから、みんな敬遠するけどよ」

「で、それ話したらミツワが『いいねぇ！』って喜んでよ！　でよ、コロッケのほかにもこの鱧も揚げて、それを道半揚げって名付けて売ってよ、町の名物になったらおもしれーじゃねーかって！」

春雄は涙を堪《こら》え、鼻水をすすりあげた。

「最強だよ。ゲンさん。店、開けてくれるのか？」

ゲンは、照れくさそうな顔を真剣な表情に変え、春雄を見た。

「いつまでもおめーらみてぇな若い奴《やつ》だけに、町おこしさせんのも癪《しゃく》だしな。それに毎日毎日おめーのライブがうるさくてよ！　だったらシャッター開けて、『魚いかがすかー！』って俺も叫んでやろうと思って。だからその……店開けるよ」

春雄は、もう泣きそうだった。みんなが動きだしてくれた。

雪は春雄の背中をもう一度叩いて、町を救うサブイボマスクをライブへと送りだした。

✤

夕方五時。まもなくライブがはじまる。スポットライトは商店街の天窓から注ぐ、オレンジの夕日。それがミカン箱を照らす。観客はまた増え、二十六人になっていた。大蔵と役所の職員は、慌てて公民館からパイプ椅子を運び、並べた。観客たちはおのおのに、サブイボマスクの登場を待ち、それに座った。その様子を、春雄は電信柱の陰から見ていた。鼓動が速まる。息が詰まる。春雄は目を閉じ、フーッと息を吐いた。

「行ってくるぞ、父さん。町を救うために」

春雄は一気にマスクを被《かぶ》り、サブイボマスクとなった。道半町青年団と書かれたのぼりの立つ、いつもの自転車に飛び乗った。そして、全速力でペダルを漕《こ》いだ。

観客たちが無言で、商店街を疾走してくるサブイボマスクを見つめた。サブイボマスクは自転車を停《と》め、マメカラ片手にミカン箱へ飛び乗る。そのとき、虎二が死にそうな顔をして汗をダラダラ、台車を引いてきた。おおきなスピーカーが二つ、積まれていた。

「虎二さん」サブイボマスクが驚き、つぶやいた。

「三丁目のよ、カラオケ好きな爺《じい》さんに借りてきた！　マメカラもいいけどよ、やっぱお客さん増えたら、後ろまで声届かねーからな！　それとあと、これ、ほい」

虎二が春雄に渡したのは、一本のマイクだった。

「これで春雄、いや、サブイボマスク。ちゃんとおまえの唄声が、うしろまで届くぞ」

虎二は雪と一緒に、マメカラからテープを取りだすと、ラジカセに入れ替え、コードをアンプに繋《つな》いだ。もちろん、マイクも。

サブイボマスクは燃えた。燃えた。燃えてきた。

サブイボマスクは、サブイボTシャツを着た躰を反らし、大声で叫んだ。

「オーディエンスー！　会いたかったぜー！」

後列に座るオタク風な少年が、素早くサブイボマスクの写真を撮ると、スマートフォンを操作した。雪がのぞく。

〈とうとう、オーディエンスって言いだした（笑）　#サブイボマスク#ライブ〉

サブイボマスクは、叫ぶ。

「みんなー！　笑ってますかー！」

別の若者ふたり組が、それぞれに膝の上にのせたノートパソコンのキーボードを叩く。

〈『会いたかったぜー！』って吠えてる。生サブイボ　予想を超えるアツさ　ｗｗ〉

〈誰も　笑ってない　ＰＳ　スピーカーも登場〉

〈マメカラ　廃棄処分　決定〉

オタク風の若者ふたり組は、いまからはじまるサブイボライブを、小型カメラでネットに生中継してくれていた。そんなこととは知らないサブイボマスクは、全身にサブイボを立たせながら、二十六人のオーディエンスたちと、まだ閉じたシャッターの中にいる商店街の店主たちに叫んだ。

「俺、今日わかった。笑顔はやっぱり伝染するんだなって……みんな！　愛してます！　道半町のために唄うぜ！　にじまりの唄！　届け！　俺の唄ど真ん中にー！」

イントロが流れた。スピーカーから流れる爆音のイントロは、町を、人を、呼び起こすにはじゅうぶんの大音量だった。サブイボマスクがはじまりの唄を唄いだした。ゴンスケがうれしそうに笑い、両手をあげる。春雄は唄う。サブイボマスクの上手《うま》くもなく、綺麗な声でもない、キーもときどき外しながらもお構いなしの唄声が、商店街中に響いた。全力で思いを唄うサブイボマスクの唄声を、ほかの町や、他県から来た奇特な観客も、雪の心配をよそに、思ったよりも真面目《まじめ》に聴いて、やがてすこしずつ足でリズムを取りはじめた。

やがて四分十八秒後、〈はじまりの唄〉は終わった。

「みんなー！　サブイボ立ってるかー！」

持ち歌がこの一曲しかないサブイボマスクは拳を突きあげると、

「アンコール行くぜ！」

と満面の笑みで観客に叫んだ。そしてすぐに虎二を見るとラジカセを指さし、「もう一回巻きもどしてください」

と丁重にお願いし、誰にも頼まれていないアンコールを唄いはじめた。サブイボマスクが勝手に唄うアンコールは、三度つづいた。

その後も燃えあがったサブイボマスクは、無理やり観客を指さし、「いま、悩んでいることはねぇか」と訊《き》きはじめ、訳のわからない答えを言い、観客をすこし笑わせた。

雪がのぞいた若者ふたりのライブ生中継は、視聴者が九百人もカウントされていた。もはやライブではなく、ほぼトークイベントになっていた。が、とにかくライブはなおもつづいた。それをオタク風の〝オーディエンスたち〟が、この日本の、いや世界中の誰かに、届けてくれる。

〈【悲報】サブイボマスク　時間があまり　大喜利に挑戦〉
〈【悲報】サブイボマスク　観客から物まねをリクエストされ見事にやり　スベる〉
〈【悲報】サブイボマスク　またはじまりの唄　唄いだした　本日五回目〉
〈【悲報】カセットテープが擦り切れ、アカペラバラードバージョンで唄いだした〉
〈【悲報】安心してください　キー　外しましたよ〉
〈【悲報】安心してください　サブイボマスク　一人で笑ってますよ〉
〈【朗報】サブイボマスク　あんがい　可愛いよ〉
〈【悲報】はじまりの唄　歌詞覚えちゃったよ〉
〈【報告】みんなごめん　なんだかわからんが、サブイボ立っちゃった〉……

夕暮れに近づいたころ、ようやく一時間のライブは幕を閉じ、サブイボマスクはヒーローらしく、「サブイボ立ったかー！　道半町最強！　あ、道半揚げも最強！」と叫び、ミカン箱から飛び降りた。そしてゴンスケの手を引き、さっそうといつものママチャリに乗り、観客の前から疾風のように去っていった。

その姿を見た若者は、素早くスマートフォンを弄ると、

〈【悲報】サブイボマスク　帰り方　超地味〉と打ちこんでいた。

雪はサブイボマスクとなった春雄の背を見送りながら、「そろそろジョーカーのカードを切ろうかな」と、携帯電話を手にした。雪がいちばん話したくない相手だが、生まれ育った町を救うためには、女は、悪魔にでもなるのだ。そして天然記念物のように純粋な男を守るためには、女はいつだって、不純にでもなる。この身に宿らせ生まれ落とした我が子のように、純粋な春雄を、町を守ってやるんだ。それが女なのだと、雪は思った。

「なめんなよ、男どもよ」雪はひとり笑うと、携帯電話のアドレスを開き東京へと電話した。

✤

サブイボマスクはほぼ毎日のライブで唄いつづけ、徐々に商店街は活気づいてきた。八百屋、魚屋につづき、電気屋、靴屋、中華料理屋……様々な店舗がシャッターをあげ、また店を再開しはじめた。週に六回行われるサブイボマスクのライブは、平日こそ地元の観客（それでも最初に比べれば雲泥の差でアップした。地元の老人や中年、数少ない

子供も含む）が主だったが、土日になればほかの町や他県からも多くの若者たちが観にくるようにまで成長した。

そして生意気にも女のファンまで現れ（雪にしたら、アイツのどこがいいのか、さっぱりわからないが！）、とにかく観客はワンステージ五十人ほどまでに増えていた。

すべてはサブイボマスクの熱唱と暑苦しさと、観客にウザくてサムいと笑われようが、その何倍もの笑顔で返すサブイボマスクの魅力によるものだった。

現代の武器・ＳＮＳを味方につけて、サブイボマスクはすこしだけ、ニッチな人気者になっていった。


「やったぞ」

大蔵が春雄と雪を呼びだしたのは、九月の終わりのことだった。

「春雄と雪だけで、来い」というので、ライブのはじまる前、町長室へふたりでむかった。

「春雄、でっけぇヒラメが食いつきおったわ」大蔵はなんだか普段より堂々と、年季の入ったソファーにでんと座り、めずらしくコーヒーを飲んでいた。

「なんだよ、釣りの話でわざわざ呼びだしたのか？」春雄がちょっと顔をしかめた。

「ちがうわ。ヒラメはヒラメでも陸にいるヒラメじゃ。この県でいちばん偉いヒラメ」

「……おぅ！　県知事のことか！」

「そうだ！　そのヒラメが食いついたんじゃ！」

県知事は、のべーっと平べったい顔をして、極端に両目がはなれている。よってみな彼のことを、〈ヒラメ〉とか、〈妖怪ぬらりひょん〉と好き勝手に呼んでいた。

「いやいや、そのヒラメさまから今朝連絡があってな」

「おう」

「新聞見たって。〈県知事に感銘をうけた道半町の謎の覆面シンガー　サブイボマスク大活躍！〉の記事」

大蔵は先週、記事を仕込んだ。懇意にしている地方紙の記者が、サブイボマスクのライブを取材にきてくれた。最初記者は、〈ダムに沈みかける道半町を救うために立ちあがり唄う、謎のシンガー〉といった文面の記事にすると言ってきた。が、大蔵が待ったをかけた。大蔵は釣りだけは自信があった。なので県知事に喧嘩を売るような政治的な記事でなく、あくまで、気持ちよくヒラメが餌にかかってくれる美味しそうな記事にしてもらった。もちろん、県知事が以前語った新聞記事への、アンサー記事だった。県知事は前に、新聞でこう語った。

——たとえば誰が言っているかしらないが、道半町にダム化などという噂がたっているということは、言葉は乱暴だがその町が、病気にたとえれば癌にかかっているようなもんなんですよ。末期癌。……これ現代医療の治療方針の悩みといっしょでね、難しい問題ですよ。普通の県知事だったら、どうでしょう？　まず責任とりたくないから、外科的手術はしないでしょうね（笑）。でもわたしは、医療放棄は罪だと考えてます。救える命は、救わなきゃならん。これがわたしの政治的理念でもあります。だから、たとえばですよ？　仮にどこかの町が立ち行かなくなっていたとしたら、……長生きさせる道を選ぶかもしれませんね。だって、ただでさえ我が県は高齢者が多いんですよ？　みんな長生きさせなきゃ！　それが、有権者のみなさんに大切な一票を入れて頂いた、わたくしの使命だと認識しています。わたしは、患者を見捨てませんよ！

対して、大蔵が記者に頼みこみ書いてもらった記事はこうだった。

「道半町に突如現れた、謎の覆面シンガー　サブイボマスクさんはかく語る」
——（以下、サブイボマスクさん　本名／年齢非公表）泣きました。ただただ泣きました。なににですって？　あなたそれでも新聞記者ですか？　あの、県知事さんの素晴らしい記事を読んで泣いたんですよ。覚悟、一言でいえば覚悟が見えました。県知事の。普通の政治家なら、不良債権ともいえるちいさな町のことなど、耳ざわりのいい綺麗ごとを並べておきたいはずなんです。だって、誰だって選挙が大事なはずだから。なのに、あの県知事さんは……すみません、ちょっと待ってください（記者・注釈　サブイボマスクさんは、ハンカチを取りだし、目頭をぬぐった）。ごめんなさいね、もう大丈夫です。県知事の言葉を思いだしたら感動してしまって。とにかく県知事さんは、『わたしは患者を見捨てない』って言うんですよ！　逃げてませんよ、あの人は！　それなのにね、我々、いや、うちの町だけじゃない。この県にあるすべてのちいさな町や市はね、どれだけ自分たちで病気を治そうかって考えてきたのか！　ってことなんですよ。特に若者。みんな素晴らしい県知事をふくめた行政に甘えるばかりで、なにも自分たちで行動してこなかったじゃないですか！　これは怠慢です。生きることへの怠慢。だからぼくは決心したんです。あの素晴らしい県知事がこんなにも県民のことを考えてくださるなら、ぼくは自分のできることで、まず自分の町の人々を元気にさせようと。幸いすこし唄が唄えるんで（笑）。それですこしでも町や県が盛りあがればいいかなって。すべては県知事さんへの恩返しです。え？　なんでマスクを被ってるかって？　そんなの決まってるじゃないですか。恥ずかしいからですよ（笑）

大蔵は今朝の新聞を見ながら、誇らしく笑った。県知事は、自己顕示欲がつよい。そしてもちろん、自己愛もつよい。

――自分の記事を読み、感銘を受け立ちあがったちいさな町の青年
こんなシンプルなストーリーは、あのヒラメは大好物なはずだ、町長は確信していた。

「で！　ヒラ……いや、県知事さまはなんて言ってんだ？」

春雄も食いつく。

「いやいや、まだダムにするかは、迷ってるらしい」

「は!?」

「なによ、それ！」雪が紅を塗らずとも美しい唇を尖《とが》らせ、抗議した。

「ばーか、落ち着け。ただ、『簡単には、ダムにできなくなったな』って言ってたわ。来年、県知事は選挙だろ？　この新聞記事はありがたかったらしいぞ。これは県民へも良いアピールになったって。めずらしく『ありがとう』なんて言っとったわ。でな、もうすこし、がんばってくれって」

「え？」春雄が理解できず、口を呆《ほう》ける。

「そのサブイボマスクとやらが、もっとこの県に浸透すれば、道半町の来年度の予算、アップしてもいいって」

「予算、アップ!?」春雄は大声で叫んだ。

「そうだ。要はこういうことだ。県知事は、いまこの町のサブイボマスクという餌に食いついたんだ。理由は簡単。県のお荷物だった道半町を、県知事に感銘を受けた青年が

立ちあがり、唄い、賑《にぎ》わいをとりもどした……こうなれば、来年選挙を控えるあのヒラメにとって、こんなデカい手土産《てみやげ》はない。国に頼らなくても、自分の熱き発言がきっかけで、町を救ったって言えるんじゃからな。『これこそ、ほんとうの地方創生です』くらいのこと、あの県知事も言えるじゃろ」

春雄はちいさな頭で、何度も頷《うなず》いた。

「そしたら春雄、この町、ダムになんかできなくなるぞ。それを県知事も暗に言ってるんだ。もっともっと、サブイボマスクにがんばってくれと言っとるんだ」

光が見えた。

死にかけていた町が、生き返るのかもしれない。大蔵は、「ただこの話は、絶対に誰にも漏らすな。こんなこと聞いたら、田舎の人間はすぐに地に足つかなくなって、おかしなことになる」と春雄と雪に約束させた。

「いやー県知事がな、『来週、飯でもたべないか』って言ってきたんだけど、サブイボマスクのことで忙しいって言ってやったわ！　わかるか？　食いついてきたデカい魚は、すぐリール巻いちゃだめなんだ！　距離感よ距離感！　ゆーっくりな、じらしてるとよ、相手は勝手に近寄ってきたくなるもんなのよ！　恋愛もそうか！　ま、これが政治のだいご味だな！　アハハハハ！」

すっかり自信をとりもどした町長は、少なくなった髪の毛を手でなでつけ、ほんとうに愉しそうに笑った。

「春雄、ありがとうな。おまえのおかげで、町が変わってきた」

「なに言ってんだ。まだまだ、これからだろ」

「そうだ。こっからが正念場だ。頼むぞ、サブイボマスク」

春雄はいっそう力をこめ、その日のライブで熱唱した。

✤

夕日がしずむ、綺麗な川沿いの道を、春雄は雪を後ろに乗せ自転車で走った。サブイボマスクのライブの後に、コマメ婆《ばあ》の家に漬物を届け、サトミ婆の腰を揉《も》んでやり、ゼンジロウ爺の、家のかたづけをする約束をしていた。今日はたまたま、ゴンスケの母ちゃんが仕事を早引きしたとか言うので、寂しいけどゴンスケをおばちゃんに引き渡し、ゴンスケはうれしそうに手を振り、帰っていった。

雪は、日々ゴンスケの面倒もみながら、あちこちに配達し、こうして町の老人の困ったことを無償でやりつづける春雄の躰を、すこし心配していた。ほぼ毎日ライブをさせることを決めたのは雪だった。こんど、なにか美味いものでもつくってやるかと頭によぎったが、なんだかそれも恥ずかしいので、道半揚げでもたらふく奢《おご》ってやろう、雪はそう思っていた。

自転車はあぜ道に揺れながら、走りつづけた。

「なぁ?」

春雄がキィキィと悲鳴をあげながら必死で走るペダルを漕ぎながら、話しかけた。

「ん?」雪はのどかな田園風景から視線を移し、答えた。

「町のみんな、良い笑顔になってきたな。雪、おめえのおかげだ」

「なーに。当たり前よ。わたしを誰だと思ってんのよ」

「変わってねーなー、おめーは」

「悪かったわね」

雪は背中越しで春雄がどんな表情をしているかはわからない。が、危険信号だなと、思った。

春雄がみなに見せるテンションではなく、自分にしか見せない弱気な声だと、すぐにわかった。

「すこしはよ、町おこしになってきたかな」

あ、やっぱり弱気だ。雪は確信した。

こんなときは、やさしい言葉をかけてやらねばいけない。春雄はむかしからそうだ。

ちいさいころから、とにかく自分より他人優先だ。春雄の性格は、いまどきの中学生の男子より純といってもいい。それは春雄が生まれもった性格なのか、三十年間生きてきた中で培われた性格なのか、雪にはわからない。が、気を付けなくてはいけないのは、春雄は自分の内面に興味がないことだった。困った人をほうっておけず、悲しんでいる人もほうっておけない。すると春雄は、全自動応援機となってしまう。でも常に人を応援する春雄の心は、自分でも気が付かぬうちにときどき燃料切れになる。そのことに、春雄は気付かず走りつづけてしまう。そんなときは、油をさしてやらねばいけない。

「……町おこしっていうより、人おこし、かね」雪が油をさす。

「え？」

「町はすぐには、どーにかならないでしょ。ダムにならずにすんでも、来年予算が増えたとしても、そう簡単にすぐに町が生き返るわけじゃない。現実はそんな甘くないよ。でも、たしかに町は変わりはじめた。シャッターも開いて、みんなが笑いはじめた。お金の問題じゃない。店開けて、逆に損してる人もいると思う。でも、とにかくこれが大事だったのよ。みんなが立ちあがる。諦めないで、明日へむかう……とにかくみんなすこしずつ変わってきたよ。あ……あんたの言う、笑顔が伝染したんじゃない？　サブイボマスクも、ちょっとは役に立ってんじゃない？　わかんないけど」

春雄がちょっと自信をもったのが、雪は背中からわかった。が、胸の奥にしまっているちいさな箱のふたが開いてしまったのか、また春雄は言いにくそうに、雪を振り返りもせず、訊いてきた。

「……あのよ。もう一個聞きてぇんだけど」

「ん？」

「……俺の唄って、熱くるしいっていうか……ウザいのかな？」

雪が答えずにいると、春雄は黙って自転車を漕ぎつづけた。春雄の背中が、ちいさく見える。

「なんかほら！　ネットでもさ、『サブイボ、ウザい！』とか、『暑苦しい！』とか書かれてるじゃん？　だからもうすこし流行《はや》りのかんじの唄っていうか……その」

雪はありったけの力で、右の手の平で春雄の頭をぶん殴ってやった。

「痛ぇ！」

「しっかりしろ！　あんたはあんただろうが！　流行りなんて関係ない。あんたが唄いたいことをきちんと唄えば良い。だからみんなが、動きだしたんだろうが」

「そうか」

「馬鹿なんだから考えんな」

「おぅ」春雄の背中がゆれた。笑ったのだ。雪はこのタイミングで、春雄に教えておこうと思った。

「……来週、あんた、テレビ出るから」

「は⁉　なんだそれ」

「前の旦那に頼んだ。あんたの番組で紹介しろって。いまあいつ、お台場のテレビ局から FAして、汐留《しおどめ》のテレビ局いるのよ。そこの『オヒルナンデゴザイマス』と、『ピヤネ屋』で、しっかりサブイボマスクを紹介するコーナーつくれって、言っといたから」

「……まさか、あのニコニコなんとかもか」

雪は春雄がすこし怒っているのがわかった。

「あれは違うよ。あれはほんとに、動画を観た有志の人が」

「勝手なことすんなよ！」

春雄がおおきな声をだした。

「良いのよ。『まだほかにも浮気してた女知ってんですけど。そちらの局に投書でもしましょうか？』って言ったら、すぐわかりましたって。きちんとコーナーつくって、紹介するって」

「俺は、地道にやりたいんだよ」

「そんな場合か？」

春雄は、しばらく黙って、ペダルを漕いだ。怒らせてしまった。

「純粋なあんたは嫌かもしれないけど、わたしだってこの町救いたいんだ。別にあんたに感化されたわけじゃないし、あんたのためでもない……町のため」

春雄は、背中をピクリとも動かさず、前だけをむいてペダルを漕ぎつづける。

「でもちょっと……あんたのためだ」

雪は夕日を浴びて綺麗に反射する川の水面《みなも》を見たせいか、自転車の後ろだから春雄の顔を見なくてすむせいなのか、いちばん言いたかった本音を漏らした。無言で走りつづける、ふたりを乗せた自転車。しばらくすると、春雄が言った。

「摑《つか》まれよ」

「は？」

「ここ」春雄が片手で、自分の腰を指した。

「……いやよ」

雪は、何度もまばたきし、慌てて自分のお尻の下の台を摑んだ。

「変な意味じゃねーよ。揺れっから」

春雄は前をむいて、しずかな声で言った。

「全力で走るからよ」

雪はその声にすこしだけキュンとした。指先で摘《つ》まむように、春雄の背中に摑まった。

雪は春雄の腰回りに、年相応にすこしは肉がついているのを感じた。春雄がどんどんスピードをあげる。雪はもうすこし強く、春雄に摑まった。

夕日を浴び走って行く自転車。

雪はこの心臓の音が、春雄に聞こえなければいいなと思った。

✤

サブイボマスクの映像が全国放送される五日前。

トメ婆が、亡くなった。

元気そうに見えて、もう、八十九歳だった。いつも春雄をからかい、「八十越えたら年齢なんて、梅干しの種より意味がねぇ」と笑っていた、トメ婆が死んだのだ。

春雄は「トメ婆が倒れた」と連絡を受け、慌ててゴンスケを自転車に乗せ道半橋を渡り、病院へかけつけた。雪もあとを追った。

病室のベッドで弱々しい息をしながら、トメ婆は春雄を見て、うれしそうに笑った。

看護婦さんに訊くと、「東京にいる息子さんに連絡をして急いでむかってくれているが、たぶん、間に合わないだろう」とのことだった。

「ばあちゃん、聞こえるか？　春雄だ」

春雄がそう言うと、トメ婆はすこし微笑《ほほえ》みながら、頷いた。

「……春雄、がんばってるな。おまえの父ちゃんと一緒だ」

春雄は、頷いた。

「マスク、今日も被ったか？」

「……あぁ、被ったぞ、婆ちゃん」

春雄がマスクを見せてやる。トメ婆はマスクを見て、懐かしそうに笑った。

「被ってみれ」トメ婆が、悪戯《いたずら》っぽく言う。

「被れ」こんどはわざと怒った顔をして、トメ婆が春雄に顎で指す。

春雄は、いまにも泣きだしそうな顔で、いうことをききマスクを被った。トメ婆は、うれしそうに、懐かしそうに、マスクの赤く燃え滾《たぎ》る瞳《ひとみ》を撫《な》でた。そして両目から流れ落ちる涙の川を、ゆっくりと指でなぞった。

「……あぁ」

「春雄……がんばれ。おまえの父ちゃんも、ずっと町のためにがんばってくれた」

「雪、おめーもがんばれ。たらふく浮気されようが、女は最後にいい男見つけりゃいい」

「……うん」雪も泣きながら、頷いた。

「ゴンスケ？　お饅頭《まんじゆう》たべてるか？」

「たべてます！　おいしーです！」ゴンスケは病室にあったお饅頭をもらい、うれしそうにたべながら笑った。トメ婆はゴンスケを見て「うん、うん」と何度も微笑み頷いた。

トメ婆が、トメ婆らしく、こんなときに「唄ってくれ」とリクエストしてきた。「いやだ」と首を振る春雄に微笑み、「唄え」と言った。

「おまえの唄きくと、あのころを思いだす。良いころの町、死んじまった旦那。まだ子供で、ケタケタ愉しそうに走り回ってる、ちいさな息子」

そう言い、唄ってくれと春雄に頼んだ。春雄は、マスクの下で真っ赤になった瞳をなんとか泣かぬよう堪えた。そして最期の唄だというのに、トメ婆は美空ひばりでもなく、五木ひろしでもなく〈はじまりの唄〉をリクエストしてきた。おおきな声で唄った。トメ婆は目を閉じ聴きながら、やがてゆっくりと、しずかに涙をこぼした。春雄はトメ婆の手を握り、やがて抱きしめた。病院中に聴こえるくらいおおきな声ではじまりの唄を唄いあげ、唄が終わるころ、彼女はあの世へと旅立っていった。

お葬式の日。町中の人が、お寺にやってきた。春雄の父も母も、見送られたお寺。この町に生まれ、この町で死んでゆくほとんどの人が、見送られるお寺。

町のみんなは、春雄の姿を見て驚いた。春雄は喪服姿に、サブイボマスクを被ってやってきた。

何人かは、「不謹慎だ」と怒った。が、春雄の、マスクの下からうっすら見えるその目は真っ赤に充血し、その口元は、真一文字に結ばれ、真剣だった。

お経が唱えられた。住職が「死とは、またあたらしい魂にうまれかわる瞬間に過ぎない」と話してくれた。そして全員で、ちいさくなった骨壺《こつつぼ》のなかのトメ婆に手を合わせお別れをした。そのとき、春雄がすっと立ちあがった。おおきく鼻から息を吸い、おおきな声で叫んだ。

「婆ちゃん！　俺は泣きません！　絶対に泣きません！　初代サブイボマスクもそうしたからです！　サブイボマスクはみんなを笑わせるヒーローだからです！　それにまた、いつか、どこかであなたと会えるからです！　だからそれまで俺は……泣きません！」

町中のみんなが、その声に聞き入った。

「だから婆ちゃん！　俺は笑います！　許してください！　俺はサブイボマスクだからです！　この町に笑顔をとりもどす、ヒーローだからです！　だから笑います！」

「そしてこの町を、絶対にダムになんかさせません！」

春雄は必死に口元に笑顔をうかべ、腰に手をやり、ヒーローのように立ちつづけた。そしてわははと、一回笑った。その声はふるえていた。そんな春雄に、文句を言う者など、誰もいなかった。

✤

「サブイボマスクって、これなんすかー！」と、オヒルナンデゴザイマスのスタジオでは、ミカン箱の上で唄うサブイボマスクの映像を観て、司会者がおおげさにのけぞる。

それを受け待ってましたとばかりに、周りを取り囲む若手や中堅の芸人たちが、おのおのにサブイボマスクに突っこんだ。

「こいつ頭おかしーで！」「なんでミカン箱やねん！」「誰かせめてミカン箱ふたつ置いたって！」スタジオのお客さんは大爆笑につつまれ、ご丁寧にたらふく浮気した雪の元旦那のプロデューサーは、道半町までのアクセス方法と、ライブの開催日時も長いことテロップでだしてくれた。お昼二時からの人気番組ピヤネ屋でも、関西弁を使いこなす人気司会者がサブイボマスクの映像を観て弄《いじ》りに弄り倒し、

「なんやこれ、道半町ってとこでやってんの？　おもろいこと考えんな〜。でもこの『はじまりの唄』って曲ええやん！　ＣＤとかで売ってへんの？　なんでやねん！　町おこしなんやから、たらふく売って儲《もう》けなアカンやん！　道半町さん！　しっかりせーやぁ！　町おこしのチャンスやで！」カメラを指さして、テレビを観ている全国の人々へメッセージを送ってくれた。

そこからは、もうてんやわんやだった。いくらネット社会になったとはいえ、テレビの力は絶大だ。すぐに役所の電話は鳴り響き、「つぎのライブはいつか？」「道半町に泊まれる施設はあるのか？」「ＣＤは発売されないのか？」……ありとあらゆるサブイボマスクへの問い合わせがかかってきた。

そうなればネット民もさすがなもので、

「俺たちが先に見つけてた」

「俺、いまからはじまりの唄のヘタクソなライブ音源、垂れ流します」

と、勝手に曲をダウンロードできるようにしてくれた。役場は急いでさまざまなポスターをつくった。〈道半町へ　ようこそ！〉〈笑って死ねる　道半町！〉〈感動してますか！　笑ってますか！　サブイボ、立ってますか！〉などと書かれたサブイボマスクのポスターが、町のいたるところに貼られた。

それからの道半町商店街には、人、人、人があふれかえり、ミツワは手が焦げるほど道半揚げを揚げつづけた。サブイボマスクTシャツも売れていった。雪はあわてて〈サブイボマスク　はじまりの唄〉を手作りでCDにして、ゴンスケにジャケットの絵を描いてもらった。それをひたすら地道にコピーし、商店街で祭りの出店のように販売した。

今日も、もうすこしでライブがはじまる。平日だというのに、狭い商店街に七十人もの観客があふれた。

サブイボマスクが、ミカン箱の上に飛び乗った。

「笑えば明日がやってくるさ！　こんにちは！　サブイボマスクです！」

「キャー！」「サブイボマスクー！」黄色い声援も増えてきた。

佐吉ははじまりの唄を熱唱するサブイボマスクと、飛び跳ねる観客たちを見て憎々しそうに睨《にら》みつづけた。観客は、ハート型の手作りの団扇《うちわ》を持ち一斉にみんながジャンプするので、まるで地鳴りのように商店街に響いた。

佐吉は、「サブイボマスク。誰なんだてめえ」とつぶやいた。

シングルマザーの早苗も面白くないのか、娘の手を引き、商店街の隅からサブイボマスクを睨みつづけた。雪はCDを売りながら、花から、「あのキララちゃんて子、学校で暗いんだ」と教えてもらったことを思いだした。町にひとつしかない小学校。その中でもキララは、やはり浮いているという。雪はすこし心配になった。

観客の熱狂の中、四分十八秒のはじまりの唄は終わった。

と、サブイボマスクがふいに、一人一人の観客の顔をまっすぐに見ながら話しはじめた。

「みんな、大切な人はいるか？」

観客が、いつもと違うサブイボマスクの雰囲気に気付き、顔を見合わせた。

「俺は、いる」

サブイボマスクはまず最初に、指定席の最前線いちばん端でお饅頭をたべながら笑う、ゴンスケの顔を見て微笑んだ。そして、雪、虎二、ミツワ、いまだ店先で眠りつづけるミツワの妻……この商店街にいる、すべての町の人の顔を見つめた。

「でも悲しいけどさ、当たり前なんだけど、俺たちはいつか死ぬんだよな」

「どうしたんだろう?」

と、観客はヒーローを見て不安げにしている。

「当たり前なんだけどさ、なんか、考えたくないじゃん! 自分は置いておいて、たとえば肉親とか、家族とか、友達とか、世話になってる人とか、そういう人たちがいつか死ぬって現実は、あんまり考えたくないじゃん」

観客は、それぞれに自分の大切な人の顔を思いだした。サブイボマスクは、すこしの間を取って、つづけた。

「この間ね、ちっちゃいころから世話になってた、婆ちゃんが死んでね。でもね、そんとき思ったんだ。この先輩たちがのこしてくれたもの、無駄にしちゃいけねぇ、失《な》くしちゃいけねぇんだって。いろんなことあって、ぜんぶが変わらないことなんてないんだけどさ、温かさとか、優しさとか、匂いとか、なんか俺馬鹿だからよくわかんねーけどさ、そういうこと、忘れちゃいけねーと思うんだ」

春雄がマスクの下から、笑った。観客の何人かが、涙を流した。

「で、ちょっとつくった唄があるの。バラードっぽくて、湿っぽいかもしんねーけど、サブイボマスクなりの、これも応援歌! あとでまたはじまりの唄は唄って盛りあげるからさ、ちょっと……聴いてください」

サブイボマスクはジーパンの後ろポケットから新しいテープを取りだすと、虎二に頭を下げて渡した。虎二が、ラジカセにテープを入れる。

「聴いてください……〈かけがえのない人〉」

ゆっくりと、春雄が弾いたアコースティックギターの音色が聞こえてきた。サブイボマスクがすーっと息を吸い、マイクに口元をもっていった。ちょうど心臓の鼓動よりすこしゆっくりな、バラード調の唄だった。

〈かけがえのない人〉

♪ずぶ濡れの　両手で
あなたを　抱きしめに行く
一文無しの　カバンぶらさげて
あなたを　抱きしめに行く

自分を良く見せようと
カッコつけてばかりいたんだ　でも
カッコつけるための道具　何ひとつ
いらないものだと　分かった

誰かを愛することに　理由などいらない
自分のすべてを　引きかえにしても
守りたいと願う　ただそれだけ

かけがえのない人よ
あなたよ　笑っていて
どこまでもどこまでも　すっぱだかの心が
ひとすじに愛を叫んでる　ひとすじの愛を叫んでる

泥に　這《は》いつくばって
小さな花を　見つけよう
崖っぷちを　よじ登って
小さな花を　届けよう

何だってやれるんだ
あなたのためになら

何にだって　誰にだってなれるんだ
あなたのためになら

もしもこの止まない雨が
あなたの悲しみなら
打たれ続けよう　傘もささずに
その涙の雫が　消えてしまうまで

かけがえのない人よ
あなたよ　笑っていて
どこまでも、どこまでも　すっぱだかの心が
ひとすじに愛を叫んでる　ひとすじの愛を叫んでる
ひとすじにあなたを愛してく

唄い終わった。
客席はシーンと静まり返った。

と、一人が拍手した。また一人が拍手した。やがてそれは、一斉の拍手に変わった。割れんばかりの拍手だった。雪も目を潤ませ拍手した。サブイボマスクは、いや、マスクの下の春雄は、すこし恥ずかしそうに、でもサブイボマスクだから笑って、そのちいさな躰の、ちいさな右の手を握り拳にして天高く、青空にむかって突きあげた。


その日の夜、めずらしくゴンスケがぐずった。

さすがに春雄は疲れて、すこし眠りたかったが、「みちなかびゃはし！　みちなかびゃはし！」と、ゴンスケは道半橋へ行きたいと泣いた。春雄はすぐに、「お、ゴンスケ、嫉妬しているな」とわかった。ちいさいころから実の兄弟のように育ってきたふたり。ゴンスケにとって世界はほぼ、春雄だけなのだ。ゴンスケにとってサブイボマスクになった春雄が、多くの人から「キャー！」と言われたり「好きー！」と言われたりするのは、ちょっと焼きもちなのだ。

「よ〜し、じゃ、ふたりだけでお星さま見にいくか！」春雄は笑顔で言うと、まるで三歳の子供がドライブに喜ぶみたいに、ゴンスケは全身をくねらせて喜び、笑い転げた。

夜の道半町商店街を抜け、田んぼのあぜ道を抜け、おおきな川沿いの堤防道を抜け、道半橋に到着した。ゴンスケは自転車から降りると、だまって、星空を見上げた。たぶんこのまま、一時間は帰りたがらないだろうなと、ゴンスケの横顔を見ながら春雄は微笑んだ。ゴンスケは橋から見上げる、お星さまいっぱいの夜空が大好きだった。するとゴンスケがふいに、

「かけがえのないひと、うたって」

と言った。

「好きなの？」と春雄が訊くと、

「うん。すき」とゴンスケは答えた。

ゴンスケは春雄の顔を見ながら、とてもしずかに微笑んだ。

「わかった」

微笑み、春雄は、春雄のままで、たった一人のかけがえのない観客に、ゆっくりと何度も唄いつづけた。そして心の中で、「もうちょいだからな、ゴンスケ」と、固く胸に誓い、つぶやいた。

【事件】

事件は現場ではなく、道半町の会議室でおきていた。

町長の大蔵を含め、役所の幹部、そしていまやサブイボマスク応援団としてライブをサポートする虎二、ミツワ、雪、お饅頭《まんじゅう》をおいしそうにたべているゴンスケが参加した報告会。まずここで、最初の事件がおこった。大量の資料の束を捲《めく》りながら、職員が老眼鏡をかけた。

「えー、観光客八〇パーセントアップ。サブイボマスクのCDの売り上げが百二万円。ライブのお客様の宿泊、ご飲食などなど含め……昨年度の町の収益を考えると、十倍ほどアップしております」

町長がつづける。

「とにかくサブイボの……いや、サブイボマスクさんのおかげだな……」

みなが微妙な空気なのには訳があった。報告会のもっとも中心に鎮座する春雄の格好

が、おかしいのだ。明らかに、ロックテイスト満載の格好に変化していた。

昼なのに、顔の半分を埋めそうなおおきな黒いサングラスを外さない。ボタンをすべて外し胸元をはだけさせた、黒いタイトなシャツ。胸元には赤いバラのタトゥーシールが貼られ、首元にはドクロ、十字架、中指を立てた手のモチーフの三本のアクセサリーが揺れている。極めつきはタイトな黒いジーパンと、恐ろしく先のとがったブーツ。

イカレたロックスターのような春雄が、さきほどからずっと黙り、足を組み、一点を見つめている。こめかみに指を当て、まるでみんなの話を聞いていない。みな、まずどこから突っこんでいいかわからずに困惑していた。

「おい」

雪が苛立《いらだ》ちを必死に抑えながら、春雄を呼んだ。春雄はなにも答えない。

「おい、馬鹿、なんだその格好は」

再度呼んでも、春雄は眉間に皺《しわ》をよせている。

「おい！　サブイボマスク！　いつものTシャツとジーパンとアディダスのスニーカーはどうした！」

雪が吠《ほ》えた。

「えっ」

いつもより声のトーンを落とした春雄が、雪に視線を送った。

怒りが限界の雪は、机をドン！　と叩《たた》いて再び「だからなんだ！　その格好は！」と雄叫《おたけ》びをあげた。

「降りてこない」春雄が目を閉じつぶやく。

「は？」

「……最近、良い歌詞が降りてこないんだよ……ちょっと、虎二さん」

と、まるで敏腕マネージャーのように、やはりタイトな黒スーツに身をつつんだ虎二が、素早く執事のように席を立ち、すぐさま春雄の後ろにまわった。

虎二が素早くポケットから携帯用の鏡を出し、春雄の前に置く。春雄がサングラスを取った。目を細め、さまざまな角度から自分の顔をチェックしはじめる。

「髪、伸ばしてみてもいいかな？」

すぐさま虎二は、ウルフカットのカツラを脱いだ。みな、そのカツラを見て今日は火曜日だと認識した。春雄はカツラを受けとると、自分のスポーツ刈りの頭に載せた。と、口をアヒル口にして、鏡の中の自分に問いかけた。

「……いけるか」

「いけるよ」

虎二が満面の作り笑顔で頷《うなず》いた。

「いーかげんにしろ！　なに調子に乗ってんだ！」

雪が怒鳴ると、ため息をつき春雄が見た。

「ｗｈａｔ？」

「ｗｈａｔじゃないわよ！　だからなんだ！　まずそのど田舎の売れないホストみてーな格好は！」

「あ、ファンの子たちからのプレゼントだよ」

だめだ。完璧に悪いくせが出ている。雪は長い髪の毛をかきむしった。春雄は世界レベルでいってもなかなかの馬鹿だ。人生で初めてうけた聴衆からの喝采に応えようと、春雄なりにイメージするスターになりきっている。雪は指先で何度もテーブルを叩いた。

「あとね……これ、これ！　なに勝手にはじめてんの！」

雪は開いていたノートパソコンの画面を、春雄の顔に近づけた。春雄は勝手に、「サブイボマスクの　雨ときどき　頑晴れ♡」というブログをはじめていた。昨夜はこうだ。

〈九月三十日　晴れ／心は曇り　マスクを脱ぎたい……そんな夜もあるよね　こんばんは　サブイボマスクです　明日は天気に、な〜れ♡〉

ワイングラス片手に、切なそうな表情のサブイボマスクの横顔の写真が写っている。春雄はこの写真を撮るのに、二十回撮り直しをした。雪が切れ長の美しい目を細め、春雄ににじり寄った。

「『マスクを脱ぎたい……そんな夜もあるよね』……そんな夜ってなんだ！　毎晩家で

は脱いでんだろうが！」

「ファンの子たちから『ブログやったらどうですか？』って言われたんだよ。それにファンの子たちは、ミステリアスな俺の正体を求めてるの！　あ……もうダメだ。五分だけ寝かせて……グッナイ……」

そういうや否や、春雄は本当に机に顔を突っ伏し、意識を失ったように眠りはじめた。

「まぁまぁ、そう怒るな。春雄も実際、疲れてんだし」大蔵がかばう。

「そうだぞ、雪。口が過ぎるぞ」虎二も春雄の頭からカツラを取ると、雪を責めた。

「虎二さん！　虎二さんも虎二さんよ！　嫁が欲しいからって、春雄にこびない！　あいつのこと馬鹿みたいにキャーキャー言ってる女の子は、絶対に虎二さんには振り向かないから！」

虎二は口を開け、絶句した。

「そうなのか？」

「当たり前でしょ」

虎二が、残念そうにうつむいた。大蔵がまぁまぁと、手を動かした。

「春雄はすぐ調子に乗るから、釘《くぎ》さしてるんです。そうしないと何しでかすかわかんないんで。とにかく馬鹿なんで！」

今晩の商店街でのライブも、百人の予約が入った。春雄には眠ってもらったまま、大蔵は議題にはいる。町が盛り返してきたのはいいが、問題がおきていた。

まず必ず二日に一通役所に届く、嫌がらせの手紙。

〈サブイボマスクへ　おまえ、唄がうまくねーんだよ　美空ひばり見習え　ボイトレ行けボイトレ　ファック野郎〉

〈サブイボマスクへ　おまえ、背がちいせーんだよ　腐った牛乳のんで背のばしてみろファック野郎〉

〈くそサブイボ　キレイごとばっかり唄ってんじゃねぇ　殺すぞ　ファック野郎〉

〈ファック　ファック　ファック　ファック　ファックユー〉

一目瞭然、早苗の仕業だった。ファック、ファックと手紙に書いてあるからわかったのではない。早苗は送ってくる手紙の裏に、ご丁寧に自分の住所を書いていた。書かないと手紙は届かないと思っているようだった。繊細な春雄はすこし、早苗の手紙に参っていた。

「ま、早苗はいい。あいつがおかしいのはいまにはじまったことじゃない。それより」

町長の言葉がなにを意味するのか、みなわかっていた。

商店街が、汚されているのだ。

いたるところに、ごみ、ごみ、ごみ。

ほかの町や県からサブイボマスクのライブを観にくる客が増えれば増えるほど、ごみも増えていった。道半揚げの包み紙や、ペットボトル、チラシ、吸い殻、空き缶、ビニール袋……。それらが町中に捨てられているのだ。あわててゴミ箱を設置してみても駄目だった。一人が面倒くさがりごみを地面に捨てれば、それを見た誰かが安心して、また地面に捨てる。日本人のわるい癖だ。誰かが先陣をきってくれれば、なにも考えずに追従する。

ごみの山は町のあちこちに散乱し、いまや春雄も含め、町の住民は夜中までごみの片付けに追われていた。「これじゃ、仕事になんねーよ」「ごみ拾いするために、町に人呼びもどしたのかよ」と不満の声があがってきた。春雄は誰よりも遅くまで、商店街から田んぼ道から、駅までのすべての道を片付け、ごみが無くなったのを確認してから家へ帰っていた。だから春雄がこうして眠るのも、雪は仕方がないとわかっていた。

そしていちばんの問題は、たちの悪い少年たちだった。

彼らは夢の町連合といって、三十人ほどの暴走族集団だ。元気があるのは良い。しかし根が祭り好きな彼らは、毎日毎日爆音をあげ、この町へやってくる。しかしサブイボマスクのキャラクターを気に入ってしまった彼らは、Tシャツも買っていくし、おおきな声で声援するしで、なかなか「くるな」とは言えなかった。だいたいが、こちらが

「道半町いいとこ一度はおいで」と、町に誘導しているのだ。素行が悪いから来ないでくれというのも、筋が違う。

役場の職員たちが相談しはじめた。

「ま……まだ、奴《やつ》らも派手な問題は起こしてないし」

「でも町のみんなも怖がっとる。どうにかせんと」

「そうじゃ！　佐吉はどうした！　こういうときのストリートセンターだろうが！」

「佐吉はだめだ。あいつらがこの町に来たの見た瞬間、お母ちゃんに電話してた。『お母さん！　タンスの中から普通のズボンとワイシャツ、もってきてくれよ！』って」

「ダメか」

「ダメだ。昨日あいつあぜ道で見かけたら、シャツのボタン上まで留めて、ちゃんとズボンの中に仕舞って、髪の毛も黒くもどして七三分けにしとった。中井貴一みたいになっとったぞ。しかもバイクじゃなくて自転車乗っとった。ひどく落ちこんだ感じでな」

「十五の夜も、ダメか」

「ダメじゃ。ありゃ心折れた。昨日なんて歩きながら、ちいさな声で〈ドナドナ〉唄っとった」

「そりゃダメじゃ」

とにかく町に被害が出ることだけは避けようという結論しかだせず、またこのあと行われるライブの準備に、みな追われた。

しかし、みなが討論している最中、肉屋のミツワだけが一言も話さず、元気がなかった。大蔵がよく見れば、口元に痣《あざ》みたいな痕《あと》がある。

「ミツワ、それどうした」

ミツワは困ったような顔をして、

「昨日、豚みたいに太った母ちゃんと、喧嘩《けんか》しててよ。やられた」

とさみしそうに笑った。

✤

カエルの声が響く田んぼ沿いの細道を、雪と春雄は歩いた。

「なーんで全部は上手《うま》くいかないんだろうね」

雪はそう言いながら、さすがに疲れのでてきた躰《からだ》を引きずり、春雄の横を歩いていた。

もう、夜の十二時を回っていた。今日も無事サブイボマスクのライブは盛りあがり、盛りあがった分だけ、ごみの片付けに時間を費やした。春雄は雪に「帰っていいぞ」と微《ほほ》笑《え》んだが、町の住民が疲れ帰宅していく中、ゴンスケの手を引き、必死にごみを拾う春雄を雪はほうっていられなかった。なにか、精のつく物でもたべさせてやろう、雪はそう思って春雄の家までむかっていた。

ゴンスケは、春雄がひく自転車の後ろで子供のように眠っている。

「ま、雪。もうちょいだ」春雄がつぶやく。

「町長から聞いた？」雪が春雄の横顔を見つめた。

「聞いた。県知事、来年度の予算、ほかの町とどっちに多く渡すか迷ってるらしいな」

「声かけてたのはうちだけじゃなかったってことよ。ま、町長より上手《うわて》ってことよね。さすがヒラメ」

大蔵はほぼ毎日、県知事と協議中だ。「距離感が大事」などとたいそうなことを言っていたが、見事に県知事と会食を重ねている。

「まったくあのヒラメ、町長に鞄《かばん》なんか持たせてないでしょうね！」

雪が口を尖《とが》らすと、春雄は学校の先生みたいな表情をした。

「こら、悪口言わない。いくぞ、甚平家家訓！『悪口を言わず、みんなに優しく、みんなを笑顔にする人間が、最強！』」春雄はそう言うと笑った。

でも県知事が町に期待しているのは事実だ。「片方の天秤に乗っただけ奇跡だ」雪は思った。

あとは天秤にかけられている町より、こちらにメリットがあると県知事に思わせれば良い。県知事は来週行われるサブイボマスクのライブに、新聞記者を引き連れ視察にくるそうだ。

すなわち——その日のサブイボマスクのライブが勝負だ。盛りあがっているところを見せつければ、ヒラメは来年度の予算を道半町に多く渡すことを決める。

「予算が上がれば、町は生き返るな」

めずらしく春雄がお金の話をした。

春雄はおおきな命運を握らされているのだ。しかも、そのことを住民は知らない。でもそんなプレッシャーを、春雄は雪に一切見せなくなった。「強くなったな」と、雪は思った。もしかしたら春雄はサブイボマスクを演じることで、本当に自分は町のみんなを守るヒーローだと信じこんでいるのかもしれない。春雄はもう春雄でなくサブイボマスクで、自分のことさえ、忘れているのかもしれない。雪はすこし不安になった。

「花ちゃん、元気か？」とつぜん春雄が話しかけてきた。

「うん、思ったより学校にも慣れてくれてるみたい。ま、気使う子だから、心配かけないように、そう見せてるだけかもしれないけど」

「良い子だな。おめーのわずかないい遺伝子、よく引き継いだよ」

「うるせー」

「ま、俺がんばるから。がんばってこの町に予算貰《もら》えれば、おまえも働ける場所ができる。それまで、実家でおばちゃんも大変だろうけど、踏ん張らせてもらえ」

「……うん」

雪は、春雄の優しさに感謝しながら、肩身が狭い思いがした。春雄があくびが出そうになるのを、我慢した。

「ちゃんと寝てんの？」

「寝てる寝てる。当たり前よ」

その声を聞いて、ゴンスケが目を覚ました。

「春ちゃん、ねてなーい。ぼくも、ねむーい」

ゴンスケはふはーっと、夜空にむかってあくびをした。その姿を見て春雄と雪は笑ってしまった。

「ゴンスケは、ほんとうに天使だね」

「おぅ、天使だ、天使だ」

「よく笑うし。これも春雄の影響かね？」

「ちがうよ。ゴンスケは生まれつきよく笑うように、神様がつくってくれたんだ。それに、どれだけ助けられたか」

「だね」

春雄と雪は、夜空の星をながめるゴンスケに癒された。そのときだった。夜道の向こうから、こちらに歩いてくる足音が聞こえた。決して愉しげな足音ではない。サンダル履きを引きずるような、敵意をむきだしにする音。ジャリジャリと砂の音が響く。くちゃくちゃとおおきな音で嚙《か》む、ガムの音が聞こえた。早苗だった。早苗は春雄が帰ってくるのを、娘のキララを連れ待ち構えていた。春雄はまだ早苗と気が付かず、待ち構えたファンだと勘違いし、必死に手で顔を隠した。

「ごめん！　いま素顔だから写真やめて！」

馬鹿みたいにへっぴり腰で、必死に顔を隠す春雄に、罵声がとんだ。

「おい、ファック野郎」

「え?」ようやく春雄は声の正体に気が付いた。早苗はガムを嚙みながら、しばし春雄の顔を見つめた。

「悪ぃんだけど、あのサブイボなんとかって辞めてくんねーかな。迷惑なんだよ」

「……へ?」

「毎日役所の奴が家来てうるせーんだよ。『景気良くなってきたから働け』って」

「そりゃ……みんなの働く場所増やすために……俺、唄ってるし」

春雄が、動揺した。まさか思ってもみない町の意見に心が押された。早苗はいつもみせる顔とは違った。冷静な顔をしている。冷静さの中に、本気のどう猛さが隠れていた。雪は本能でわかった。それは母親の顔だった。猛獣のような、獅子《しし》の顔。いま母獅子は子を守るため、暗闇で相手を待ち構え、仕留めようとしているのだ。早苗が口をひらく。

「おまえのやってること、なんていうか知ってるか？　善意の押し売りっていうんだよ」

春雄は首元を噛まれたように、呼吸を忘れた。

「みんなを笑顔にしたい？　みんな感動すれば、辛《つら》いことがあっても、きっと素晴らしい明日が待ってるんだ？　……舐《な》めてんじゃねーよ！」

獅子が心の底から慟哭《どうこく》した。春雄は早苗の顔から目を逸《そ》らせないまま、いまにも食いちぎられ、その胃袋に放りこまれそうだった。獅子は、春雄の胸倉を掴《つか》みあげ、その顔を春雄の顔に近づけた。子獅子のキララは、この状況を感じないように、ずっと下をむき地面を見ていた。獅子が、春雄の目をじっと見たまま、食らいついた。

「変わりたくねー人間だって……いるんだよ」

「そんなこと……あるわけ」

「あるんだよ。おまえがやってることは、エロだ」

キララがしずかに、言いにくそうに母獅子につぶやいた。

「……エゴね」

「……それだ」

早苗はばつが悪そうに、訂正した。

でも春雄にはこのやり取りさえ、聞こえていなかった。

「とにかく、町が多少景気良くなって働いて、一体いくらになると思う？　九九もまともにできない馬鹿な女が、ガキ一人育てるの……どれだけ大変だと思ってる？　悪ぃけど生活保護貰ってるほうが高《たけ》ぇんだ！　こいつの腹空《す》かすわけにはいかねーんだよ！」

キララが、きゅっと口を結んだ。春雄と雪は返す言葉すら見つからない。と、ゴンスケが肩からかけた鞄の中に手を入れ、そっと、キララの前に差しだした。

「……おなか……へってるの？　……おまんじゅう、たべる？」

ゴンスケが大好きなお饅頭だった。キララがどうしたらよいかわからず、早苗を見た。

「いらねーし」

早苗は言いにくそうにつぶやき、ゴンスケの手を引っこめさせた。

「とにかく、サブイボマスク辞めろよ。忠告したぞ。また次もマスク被《かぶ》って商店街で唄ってたら、この町ごと、ぶっ壊してやるからな」

と言いのこし、早苗はキララの手を引き帰っていった。春雄は黙ったまま地面を見つめていた。

「……ゴンスケ、行くぞ」

力なく放たれた春雄の声は宙に浮き、誰よりも穢《けが》れなくやさしいゴンスケは、異常事態を肌で感じ、固まり、その場から動けなくなってしまった。

「ゴンスケ」

ゴンスケが戸惑い、手の指をヒラヒラと動かしだした。困っているときにやる仕草だ。

「ゴンスケ！　俺だって疲れてんだ！　家入るぞ！」

春雄が叫んだ。叫ばれたゴンスケはますます混乱し、その場を行ったり来たりしはじめた。春雄は怒鳴ってしまったことへの自責の念にかられ、なおも町の綺麗《きれい》ごとではない咆哮《ほうこう》を聞き、自分でもどうしたら良いかわからなくなった。気が付けばゴンスケの手を強く握り、無理やり引っ張っていた。

「やめなよ！　ゴンスケも困ってるでしょうが！」

雪も叫んでしまった。音が消えた。カエルの声も、ちいさくなった。

「……行くぞ」

「……バイバーイ」

結局、春雄は雪に目を合わせることなく、思いつめた表情でゴンスケを連れ、家へと入っていった。春雄はこれからゴンスケにご飯をたべさせ、夜勤明けのゴンスケの母が帰るまで面倒を見るのだ。そしてあの様子だと、ゴンスケは星が見たくて「道半橋へ行きたい」と春雄に言いそうな感じがした。雪は春雄の携帯に、

〈ゴンスケが橋へ行きたいと言ったら、わたしに連絡してね〉とだけ、メールを入れておいた。が、返信はなかった。

夏がもうすぐ終わる気がした。すこし空気が冷たくて、緑の匂いが、すこしセンチメ

ンタルに変わっていたからではない。春雄は純粋だ。この国で失われた天然記念物だ。が、異分子は現状維持したい生態系にとって命をおびやかす存在だ。彼らからすれば、うつくしい天然記念物はただの危険分子なのだ。雪はとても嫌な予感がした。

物事が変わるということは、こんなにも危険なのかと。

✤

大蔵は、黄色い規制線が張られた民家の前に、呆然《ぼうぜん》と立っていた。春雄の大好きなコマメ婆《ばあ》の家に、空き巣がはいったのだ。

「空き巣って、おまえ……」

刑事の屋代が、みじかいため息をついて答えた。

「空き巣なんて生易しいもんじゃねぇ。下手すりゃ殺人だ。金目のもん取られた後、婆ちゃん殴られて意識不明の重体だ。実はよ……今月だけで空き巣五件。いままではたたま爺《じい》さん婆さん出掛けてて無事ですんだからよ、俺たちも、『どこに仕舞ったか忘れたんじゃねーのか?』なんて老人たちに言ってよ、誤魔化してたんだけどな」

「誤魔化してた!? というか、なんでわしに言わない！ 犯人は、まさか、あの」

「夢の町の暴走族か? あいつらここまでやる根性はねぇ。できて道半揚げ食い逃げするくれーだ」

「……じゃ、誰が？」

「県知事。サブイボマスクがもっと盛りあがれば、来年の予算増やすつもりなんだろ？よその町と天秤かけてるみてーじゃねーか。あのヒラメが」

大蔵は嫌になった。どうして田舎というのは、こうも簡単に大事な情報が筒抜けになってしまうのだろう。

「うちの署長が息巻いちゃってよ。ほれ、夢の町の署長とも氷町の署長とも高校一緒だから、『負けたくねぇ』って。予算が増えたら、署の外観ぴかぴかに塗りかえてぇんだってよ。だから空き巣はいられてるなんて誰にも言うなって、こっちも口止めだよ……なぁ、県知事がほかの町と天秤かけてること、町のみんなは知ってんのか？」

「いや、詳しいことは春雄と雪にしか言ってねぇ。実はよ……来週末の春雄のライブに県知事観に来んだ。そこで決めるらしい、うちに予算落とすかどうか」

「賢明だね。そんなこと知ったら田舎の人間は浮き足立っちまう。浮足立つと、ロクなことはねぇ」

「屋代さん！」若い制服警官が呼んだ。

「とにかくサブイボマスクのおかげで、いまこの町は大事な時期だ。どうした！」

屋代は規制線をくぐり、消えていった。

シャッターは確かに開いた。クリーニング店も、カラオケ教室も、居酒屋も、いろいろな店主が店を再開してくれた。町のみんなも喜んでくれた。何年も忘れかけた笑顔をとりもどした。なのに、なにかがあらぬ方向へ変わってきている。その正体が摑めなくて、大蔵はひとり、無力な自分を責めつづけた。

✤

雪はいったん家へ帰って、花の学校の住所録を見て、もういちど家を出た。こんなとき、田舎は便利だ。東京なら、住所録など配るところはない。ここで生まれ育った雪は、そんな東京の雰囲気が苦手だった。いや、臆していたのだ。東京に。春雄とまたいるようになって、雪はそのことを自覚していた。

家の冷蔵庫にあった焼き鳥を拝借し、ビニール袋片手に雪は早苗のアパートにむかった。深夜一時を過ぎていたが、早苗は眠っていないだろう。眠れないはずだ。

辿《たど》り着いたその家は、田んぼの中にひっそりと建つ、家賃の安そうなアパートだった。いまや誰も借り手のないアパートの窓に、ひとつだけ灯《あか》りが漏れていた。

雪は静かに部屋をノックした。早苗はドアを面倒くさそうに開けた。てっきりしつこい役所の連中が、こんな夜中まで訪ねてきて、「働け」と言うのかと早苗は思った。

雪はメイクを落とし、眉毛がなくなった早苗の恐ろしい顔におののいた。早苗は雪を見て、初めて見たときよりずいぶん地味な格好になったが、この女はやはり綺麗だなと思った。雪は恐る恐る、

「焼き鳥でもたべながら、呑《の》まない？」

と言ってみた。早苗は五秒間考え、ちいさく顎でさし、家の中へ入れた。

雪は失礼だが驚いた。部屋の中は、意外に片付いている。狭いながらも、きちんとキララの洋服は洗濯され、畳まれ、食器もためることなく、整頓されていた。

「……よっぽどわたしの方が、だめ親だわ」雪は心の中で懺悔《ざんげ》した。

「悪ぃな。肉食えなくて。こうみえてベジタリアンなんだよ」

そう言いながら早苗は、野菜スティックをガジリと齧《かじ》り、発泡酒を呑みはじめた。

「ご両親とも、いないんだ」雪も話しながら焼酎を呑んだ。

「ガキのころ親父《おやじ》が出てって、しばらくしたら母親もいなくなったからな。ま、いいんだけど」

早苗に悲壮感などなかった。早苗がふと、奥で寝ているキララがきちんと布団を被っているかどうか、確認した。雪はその視線を見て、彼女が確かに娘を愛していることが、痛いほどわかった。

「わたしも、シングルマザー」雪が切りだす。

「……へー」早苗は人参《にんじん》の先端を見つめた。

「あなたの言う通り。この町で働けたって、この先、娘を一人で育てていく自信、正直言って、わたしにもない」雪は本音で、早苗と向き合おうと決めていた。

「春雄はさ、ほんとに馬鹿なんだけど、本気で町に住む人をなんとかしようって、考えてんだ。わかってあげて」

「……ファックだよ」

早苗は人参を食卓にもどした。雪は思った。負けちゃいけない。この人は、きっと人を求めている。救いを求めている。だから馬鹿みたいに、ファック、ファックと繰り返す。ほんとうに人を必要としていないのなら、人と関わらないはずだ。家にも入れないはずだ。生意気だけど、雪は早苗の助けになりたかった。方法はわからなくても、早苗の心の傷を、すこしでも和らげたかった。

雪はおおきく息を吸った。

「……わ……笑ってますかー！」

大声で叫んでしまった。間違えた。春雄の真似《まね》をしてしまった。

「で！　でけー声だすなよ！　キララが起きるだろうが！」

早苗がびっくりした。でももう後には引けないと雪は覚悟を決めた。雪はどうやら、春雄に感化されていた。伝染してしまったのだ。

「あのね！　わたしさ、この町もどってきたとき言ったんだよね。『こんな町、もうどうにもなんない』って……あれ、自分のこと言ってたんだと思うんだ」

　早苗が一点を見つめている。

「そしたらあいつ、『諦めんな』って。おまえの痛いところ、全部俺が吸収してやるから、『諦めんな』って。馬鹿でしょ？」

「フン……あいつが言いそうなセリフだな」

　早苗はすこし笑った。

「だいたいよ、『おまえの痛いとこ、全部吸収』って、あいつはオムツかよ。だいたいよ、歌詞も青臭いんだよ。なにが♪かけがえの〜ない〜人よ〜　あなたよ〜笑っていて〜だ」

　早苗ははじめてきちんと笑った。それを見たら雪も笑ってしまった。早苗は笑っている自分が恥ずかしくなったのか、「親がいんなら、甘えとけ。シングルは大変なんだからよ」とぶっきらぼうに言い、ひょいと口の中にガムを放りこんだ。そして壁に大切そうに貼ってある、キララの写真を見つめた。

「躰《からだ》売って、稼ぐしかねーかな……誰も買わねーか、こんな躰」早苗が自分の腹《はら》を見つめた。

「デブ専くらい、いるかもよ？」

雪は思い切って言ってみた。

「ファックだな、おまえも」早苗は言い、笑った。雪も笑った。その後は互いに別れた男の悪口と、娘を育てる大変さと、可愛《かわい》さと、ありがたさを語りあった。すぐに夜明けになっていた。薄いカーテンから差しこむ朝日をふたりで見つめた。なんだか雪は、人と笑いあうことがこんなに愉しいものなのかと、春雄じゃないけど、実感した。

なのに、やっぱり事件は起こってしまった。

✤

もうすぐ夜が明けるというのに、夢の町連合のバイクが、遠くで爆音と奇声をあげながら走っていく。酒を呑み酔ったミツワは、ごみがまた落ちている商店街を歩きながら、「うるせー！」と、遠くのバイクに怒鳴った。

怒鳴ったら、唇の横が痛んだ。先日、夢の町連合の少年に、殴られたのだ。きっかけは単純だった。奴らが愉しんでくれるのは良い。だがミツワは、我が物顔で商店街を歩き奇声をあげる少年たちに、いい加減腹が立っていた。先日も道半揚げを揚げていると、彼らは大さわぎしていた。ミツワは不気嫌そうに見つめた。と、ミツワの視線に気が付いたシンスケというリーダーの男が、店の前に近寄ってきた。

「なに見てんの？　お肉屋さん」

そう言われたとき、ミツワは情けないが震えた。若い時分は、それなりに悪いこともしたし、道半町では「一本背負いのミツワ」と言われるくらいの男だった。が、もう、歳をとっていた。注意してやろうと視線を送っていたのに、十代の少年が前に立ち、活き活きとした発展途上のしなやかな筋肉を見たとき、情けないが、怖くておののいたのだ。ハイエナは、屍《しかばね》の匂いに敏感だ。ミツワを弱者だと認識したハイエナは、仲間が集まってきたことに余計興奮を駆り立てられた。

「肉屋って、儲かるの？」

「肉屋って、年収幾ら？」

「肉屋って、年金貰えんの？」

少年は肉屋肉屋と、馬鹿にしてきた。そして汚れた手で、ミツワが汗水たらして揚げた道半揚げをひょいと摘《つ》まむと、金も払わず去っていった。ミツワは、それだけは許せなかった。後を追い、「金を払え」と言った。殴られた。ミツワは派手に地面に転び、少年たちは腹をよじり、手を叩き笑った。

だから今日の昼間に会議室で、町長にどうした？　と訊《き》かれても、ミツワは答えなかった。せっかく上手くいきはじめた町の空気に、水を差すのが嫌だった。それに、少年にやられたなど、すこしのプライドが、それを許さなかった。

と、商店街を春雄が自転車で走っていた。夜明けで誰もいないというのに、マスクまで被っている。「あいつらしいな」とミツワは思った。春雄はいま突っ走っている。サブイボマスクとして、常に存在していたいのだろう。その若さが、ミツワはちょいと羨ましかった。

「春雄！　明日もがんばるか！」

ミツワが春雄の背中に声を掛けると、春雄は一瞬振り向いて、速度をあげて去っていった。

「なんだよ」

と、またごみが落ちていた。片付けても片付けても、ごみを捨ててゆく。

「……阿呆《あほ》が」そうつぶやき、ごみを拾ったときだった。

「……なんだ、これ」

商店街のすべてのシャッターに、

「サブイボマスク参上！」

「笑っていれば　なんでもできる！」

「最強！　最強！」

「笑えば明日が　やってくるさ」

「みんなで笑顔の輪を広げよう！　サブイボの輪」

スプレーで書かれている。まさか、春雄が？　そのとき、金切り声が聞こえた。聞き覚えのある声。——妻の叫びだった。ミツワの店から、煙が出ている。

「……おい……恵美子ー！　恵美子ー！」

ミツワはあわてて走り、シャッターをこじ開けた。

皮肉にも八年ぶりに、ミツワは妻の名を呼んだ。

【別れの橋】

「聞いたー？　この間の話？」
「何が原因だ。煙草か？」「馬鹿やろう！　恵美子さん煙草吸わねーよ……」「じゃなんだよ。まさか放火かよ⁉」「って噂《うわさ》よ。刑事の屋代もそう言ってた」「なんだか物騒になったよな。知らん奴《やつ》増えたし。なんか、空き巣も起きてんだろ！　初めて家に鍵かけたわ」「……実はよ……見たって言うんだよ、春雄を」「え？」「なにが？」「どういうことよ？」「ミツワの店、燃えた時間」……。

　道半町商店街では、今日も店主や地元の買い物客が、あちこちで噂話をしていた。商店街では明日に控えた、サブイボマスクのライブの準備に余念がなかった。

　みな、すこし浮足立っていた。県知事が見にくるという噂が耳にはいっていたのだ。そして、「もしかしたら来年の町の予算が上がるかも知れない」という噂も。だから町民は、春雄にどんな噂があろうがライブの準備だけはきっちりと整えた。商店街のアーケードには豆電球をぶら下げ、久寿玉《くすだま》までつくった。いままでは一つだったミカン箱も十五個に増やしサブイボマスクが唄いやすいようにした。まるで初代サブイボマスクがしていた、プロレスの試合のような雰囲気になった。が、町民が手伝ったのはそこまで。春雄は一人で、ミカン箱の上におおきな布を張っていた。噂話を避けるように、耳にイヤホンをはめ自分の唄を聴いて集中していた。

虎二が店前のマネキンの躰《からだ》に、「嫁さん急募！　早くしないと芝生が枯れます」と手書きで書いたポップを貼り、春雄の元へやってきた。心配しているのだ。

「春雄」声を掛けたが、春雄は集中しているのか振り向かない。ミツワはゆっくりと歩を進めた。

「……春雄」

春雄は振り向かない。ミツワがもう一度「春雄！」と大声で叫び、耳からイヤホンを引っこ抜いた。ちいさく、〈かけがえのない人〉のサビの部分が、外に漏れてきた。

「なに？」春雄が、まるで悟りを開いた高名な坊主のような表情で、ミツワを見た。

「明日のライブ、止《や》めたらどうだ」

春雄は一瞬、その瞼《まぶた》を下へおろした。

「……そういう訳には、いかねぇ」

「『そういう訳にいかねぇ』っておまえそりゃ、どういう意味だ？　こんなときにおまえ、よく唄えるな？　うちの母ちゃんは軽傷で済んだが……コマメの婆さん、まだ入院してんだぞ？　強盗に殴られて」

春雄は黙った。

虎二もつづいた。

「そうだよ、春雄。明日、県知事くるのはわかってるけどよ、やっぱそういう場合じゃねーよ。その、まず、おまえのあらぬ噂を、その」

しかし、春雄は頑としてきかず、首を振った。

「唄うよ。明日も……あと、もうすこしなんだ」

その答えを聞き、虎二の気持ちが爆発してしまった。

「なにがもうすこしだ！　ほんとうに調子に乗ってんだな、おまえは。おまえはもうむかしのおまえじゃねぇ！　だいたい、良い目見てんのはおまえだけじゃねーか！　キャーキャー言われて高そうな服着て！　マスク被《かぶ》ってアホみたいに唄って！　俺なんて……いくら町おこし協力して人がこよーが、嫁っこ一人こねーぞ！　もーう嫌だ！」

町のみんながこのやり取りを、こそこそと観察している。

ミツワは落ち着いて、だがどうしても確認せねばならず、問うた。

「おまえ……あんときの夜、なにしてた？　放火あった……時間」

「え？　ゴンスケ連れて、橋に行ってたけど……」

「じゃ……あれは誰だ」

　春雄には、質問の意味がさっぱりわからなかった。応援してくれるファンから貰《もら》ったアクセサリーを、「春雄が空き巣に入った金で、買ってんじゃないか」と噂する人たちがいるのは知っていた。が、まさか放火まで。放火まで、疑われているのか？　春雄は泣きたくなった。

　ミツワは眉をギュッと狭め、苦しそうな顔で携帯電話の画面を見せてきた。そこには、サブイボマスクのライブを観に来た観光客が、ふざけて撮った写真がフェイスブックに投稿されていた。いつもミツワの店の前にパイプ椅子を置き延々と眠る、ミツワの妻の写真だった。

「飛べない豚」

　と、写真の上にタイトルがつけられていた。その記事に、いいね！　いいね！　と無機質なボタンが押されている。

「……なんで、見知らぬ他人にまで馬鹿にされなきゃいけねーんだ」

　悔しそうに、ミツワの親父《おやじ》は地面を見つめた。

「とにかく、おまえがサブイボやりはじめてこの町は変わった。たしかに変わった……でも、変わらんでもいいふうにも、変わった」

　ミツワは店へともどった。あんなに熱心に仕事していたフライヤーを店の中へ運ぶと、ガラガラとまた、店のシャッターをおろした。それに倣うように、虎二も足早に店へともどると、お嫁さん募集のポップを破り、中へ消え、ふたたびシャッターをおろした。

春雄は、心が失われていくのを感じた。ちいさなころからの癖だった。なにか悲しいことがあると胸の中にちいさな箱があるのをイメージし、そこに仕舞った。でももう箱の中身が詰まりすぎて、蓋が閉められなくなってしまった。

商店街の人々が、ざわついている。春雄がその視線の先を見ると、パトカーが停まっていた。ゆっくりと助手席の窓がさがり、屋代が春雄を手招きした。

✤

春雄は道半町署の取調室へ連れていかれた。中では、町長がすまなそうな顔をして先に待っていた。薄汚れたグレーの机に座らされると、屋代は「これから見せるもん、誰にも言うんじゃねーぞ」と厳しい顔をして、ノートパソコンの動画を再生した。

「……なんだよ、これ」

思わず春雄は、口にした。それは、コマメ婆のとなりの家に設置された、防犯カメラの映像だった。モノクロでノイズがはいる防犯カメラの映像に、春雄が映っていた。

サブイボマスクを被り、コマメ婆の家の塀から春雄が飛び降りている。Tシャツも、サブイボマスクTシャツだ。下も春雄と同じようなジーパンと、まっ白なスニーカーを履いている。画面の中の春雄は塀から飛び降りると、辺りを見回してから自転車に乗り去っていった。

「俺じゃねーよ！　俺がコマメ婆ちゃんに……とにかくこんなことしねーよ！」

「わかってるよ」

屋代が春雄の表情の変化を確認してから、なだめた。

「おまえにこの映像観せたのは、こいつ誰だかわかんねーか？　って訊《き》きてぇんだ」

「え？」

「おまえ……誰かに恨まれてねーか？」

……一瞬、早苗の顔が浮かんだ。でも、すぐにかき消した。

「そんな奴は……いねぇ」

「じゃ、誰だよ……」屋代は顔を歪《ゆが》め舌打ちをした。そして、部屋の隅に申し訳なさそうに立つ、大蔵に視線を送った。

「まぁ、いい。犯人はこっちで捕まえる。それより春雄、明日のライブ、

に来んだろ？　来年度の予算アップ、ほかの町と天秤《てんびん》かけら

「……あぁ」

「この町の未来が、おまえの唄にかかってる。とに

大蔵は、ずっと唇を噛《か》んでいた。

春雄は、「わかってる」そう声に出した。でもその「わかってる」がているか、わからなかった。

そして——決戦のライブ、当日。

観客は、過去最高の百二十人にまで達した。パイプ椅子も足りなくなり、ゴンスケ以外は、みなスタンディングにしてもらった。

観客が、いまかいまかと、サブイボマスクの登場を待つ。

県知事が後方で、町長となにやら話しこみながら、目線は町の盛りあがりを確認している。連れてきた新聞記者に、盛りあがる商店街の様子を写真に撮らせている。道半町をダムにするか、しないか。ダムにしないほうが、選挙には得なのか？　得じゃないのか？　ヒラメのように間隔の開いた両目で、右に左に百八十度視線を送っている。

春雄は電柱の陰で、すーっと、息を吐いた。一言、「父さん、行ってくる」とつぶやいた。目を閉じる。集中する。鼻から目いっぱい、空気を吸いこんだ。この町の願い、明日への希望、悲しみ、勇気、その町のすべてをこの躰いっぱい、吸いこんだ。ブン！と、力づよく胸がせり上がった。マスクを一気に被る。ぐわ！　と両の眼を開いた。スイッチははいった。もう体温は人知をこえるまで燃え上がった。もう俺は俺じゃない、この町に笑顔をとりもどすヒーロー、サブイボマスクだ。

「キャー!!」「サブイボー！」「最強ー！」「サブイボさーん！」「笑ってるぜ！」

サブイボマスクが商店街の入り口から、真ん中にある特設ステージへ、疾風《はやて》のように自転車に乗ってやって来た。観客の絶叫にも似た雄叫《おたけ》びがサブイボマスクをむかえる。

記者はカメラのストロボをたき写真を撮りつづけた。

サブイボマスクは道半町青年団と書かれたのぼりを掲げた自転車を停めると、さっそうとミカン箱のステージへ飛び乗った。

「みんなー！　感動してるかー！」

「してるー！」

地鳴りのように、商店街がゆれた。

「みんなー！　笑ってますかー！」

「笑ってるー！」

「笑えば明日がやってくるさ！　全開で行くぜ！　はじまりの唄！」

春雄は自分でラジカセのスイッチを押し、唄いはじめた。

雪は、サブイボマスクのCDを売る出店からステージを見守っていた。満面の笑顔で、サブイボマスクが唄っている。いまやウザい、サムいと言っていた客たちも、もうその興奮を隠そうとしない。サブイボマスクが唄うはじまりの唄に躰中でノリ、拳を天にむかって突きあげている。

そしていままでで最高の熱さで、サブイボマスクははじまりの唄を唄いきる。

「ハァ……ハァ……ハァ……」

サブイボマスクがマスクの下から、商店街にいるすべてのお客さんを見つめた。

雪は見た。一瞬春雄が、ミツワの店の閉じられたシャッターと、虎二の店のシャッターを視界の先で見つめたのを。雪は、「もういいよ、春雄」そう言ってやりたかった。

「サブイボ！　立ってるかーー!!」

サブイボマスクが決め台詞《ぜりふ》を叫ぶ。と、間髪容《い》れずに、

「立ってるー!!」と、観客全員が叫んだ。

サブイボマスクが、チラと県知事を見る。雪は、今日のステージが心配だった。町のみんなの心ない噂もそうだが、それよりも——春雄がきちんと、ピエロになりきれるのかを。

春雄は県知事が、ほかの町と道半町を天秤にかけ、予算をどちらに渡すべきか迷っているのを知っている。それは春雄が道半町のために相手を蹴落とさなければいけないことを意味する。春雄はやさしい。宇宙一やさしい。そんな春雄に、この町をダムに沈ませぬためとはいえ、ほかの町を蹴落とすことができるのか——。

雪はなによりその枷《かせ》を春雄一人に背負わせていることが苦しくて堪《たま》らなかった。謝りたかった。

サブイボマスクが、観客を見つめる。

「みんな……今日もありがとう」

ウォォォ！　と、一斉に拳が突きあがる。と、サブイボマスクは道化のように両手両足を広げておどけると、満面の笑顔で叫びだした。

「良ーし！　オーディエンスのみんな聞いてくれ！　今日はとんでもないスペシャルゲストが来てくれてるぜ！　驚くんじゃねーぞ！　紹介するぜ！　……県知事ー！」

観客が一斉に後ろを振り向いた。

突然の紹介に県知事は「ええ!?」と驚きながら、大衆の視線をぞんぶんに浴び、にっこりと、満面の笑みでみなに手を振った。サブイボマスクはつづける。

「この素晴らしい県知事さんは、みんなの町のことをいっつも考えてくれてる凄《すげ》ぇ人だ！　みんなでお礼言おうぜ！　行くぞ。せーの！　『ありがとうございまーす！』」

「ありがとうございまーす！」

百二十人の観客が一斉に県知事にお礼を叫び、サブイボマスクを真似《まね》て深々とお辞儀した。と、もう県知事は天の果てまで昇ってしまったような気持ちよさげな表情をして、懇意の記者に写真を撮れと指示した。そして県知事はおおきな声で、

「がんばりまーす！」

と、観客たちに叫んだ。

そして、ここからがサブイボマスクの真骨頂だった。

サブイボマスクはあえて無言になりときを止めた。観客と県知事の視線をステージにむかせる。観客たちは早く喋《しゃべ》ってくれ、唄ってくれと、そのときを待っている。でもサブイボマスクは何かを考えたままなにも喋らない。もう春雄は、いやサブイボマスクは、週に六日のステージをこなし、客席をコントロールできるまでになっていた。焦《じ》らしに焦らし、ようやくゆっくりと言葉を選ぶように、ヒーローは観客へと語りかけはじめた。

「……良いか、みんな？　愉しいことは、みんなで分け合おう。ほかの町から来てくれてる人は、今日のライブが終わって自分の町に帰ったら、また愉しかった今日を誰かと分け合ってくれ。そうすりゃ……みーんなが幸せになる。この道半町だけじゃなく、ほかの町も、人も、この県ぜんぶの人たちが、幸せになる！　幸せは伝染するんだ！　みんなで一緒に、これからも自分の町を盛りあげていこーぜ！　俺は……この町が好きだ。ダムになんか、させたくねー！　おまえらも、どんな田舎だろうが！　都会より不便だろうが！　自分の町を愛せ！　人を愛せ！　そうすりゃすべてが変わる！　みんなで笑顔を伝染させるんだー！」

「ウォー！　サブイボー！」

観客は渦のように躰をよせ合い拳を突きあげた。

ヒーローは駄目押しとばかりにマイクを捨て、地声で叫んだ。

「県知事ー！　サブイボ立ってるかー！」

県知事がスーツの袖をまくり、その腕を天に掲げた。

「立ちまくってまーす！」

記者が何度もカメラのシャッターを切る。

それでもう、十分だった。県知事は満面の笑顔で何度も頷《うなず》き、大蔵と何度も固く握手し去っていった。サブイボマスクは、十分にピエロを演じきった。そして道半町を救いながらも、春雄の本音を——きちんと観客に伝えた。

「幸せを分け合うんだ。幸せは伝染するんだ」

雪がサブイボマスクを見ると、県知事が満足げに帰る背中を確認していた。そしてハイヤーに乗り去っていくのを見ると、まるで抜け殻のように、人形のように、しずかに、マスクの下で笑っていた。

早苗は群衆の中から、春雄の姿を、睨《にら》むように見つめていた。

黒髪になった佐吉も、感動して泣きながらサブイボマスクに拍手していた。

でも最後までミツワの姿も虎二の姿も、〈かけがえのない人〉を唄い終わっても現れることはなかった。

熱狂の勝負のステージが終わり、観客も家路についた夕暮れ。町のみんなは、昨日春雄が警察へ連行されたらしいと聞こえよがしに話しはじめた。春雄はひとり、黙々とステージを片付け、ごみを拾っていた。

「ずいぶん良いアクセサリー付けてんな」「空き巣入って盗んだ金で買ったんでねぇか？」くすくすと笑う町民たちが雪は不愉快だった。雪は烈火のごとく町民に詰め寄った。

「いい加減にしなよ！　あんたたち！」

と、一人の町民が、「おまえもどうせ仲間なんでねーのか？」と、雪にむかってニヤニヤと笑った。そのときだった。春雄がその男の胸倉を掴んだ。

「雪は関係ねーだろ！」

春雄を疑う町民たちが、見つめる。

「それに俺だって……町のために必死にやってんじゃねーか！」

春雄は叫んだ。それくらい苦しかった。限界だった。

「……ゴンスケの面倒みながら……眠い目擦《こす》ってよ……」

自分でも、なんてことを口走っているのかと思った。ミツワが冷えた眼差しでやってきた。

「本音が出たな春雄。おまえはみんなのためみんなのためって、結局自分に酔ってるだけだ」

春雄は力なく、摑んだ手を下ろした。

町民たちも、もう、なにをどうしていいのかわからなくなり、一斉に口を閉じた。

そのとき雪が、なにかに気付いた。かけがえのない者が、そこに存在していない。

「……春雄……ゴンスケは？」

✤

ゴンスケは、商店街から遠く離れてしまった高架下を、右手を差しだしながらとぼとぼと歩いていた。その右手の先には、お饅頭《まんじゅう》があった。地元の中学生三人組が、
♪ルールルルル　ルールルルル
と言いながら、お饅頭を差しだし後ろ歩きしている。
ゴンスケは、なんでこの人たちは、お饅頭を見せびらかすように、ぼくに見せて歩くんだろう？　と思いながら、でもお饅頭がお母さんと春雄の次に好きなので、ずっと、ついて行った。

佐吉がサブイボマスクの余韻に浸りながら、いまや相棒となった普通のママチャリに乗って走っていた。はじまりの唄を口ずさみながら。佐吉はあんなに憎かったサブイボマスクの唄が、こんなに自分の心に飛びこんでくるとは夢にも思わなかった。サブイボマスクの唄は、泣ける。町の痛みを知っている。佐吉は今年だけでも、三人の親友を道半駅で見送った。みな他県の高校へ行ってしまったのだ。どんどん友達が減るなーと、佐吉はいつも駅で見送っては、一人改造バイクにまたがって帰った。泣きながら十五の夜を唄い、道半橋を渡った。なんだかサブイボマスクも、そんな悲しい別れを経験している人のような気がした。なによりその身を張って、町を守るサブイボマスクに感銘を受けた。佐吉はこんど春雄に会ったら思い切って、「サブイボマスクの正体が誰か」訊いてみようと心に誓った。

そのときだった。右手に見える高架下から、少年たちが愉《たの》しそうに遊んでいる声が聞こえた。壁にむかって、三人のごく普通の中学生が、それぞれに軟式ボールを壁に投げつけ、笑い転げている。「いいな、純粋だなおまえらは」そう思ってのぞいてみると、ゴンスケが壁に立たされ、躰中真っ赤なスプレーで塗られ、ボールをぶつけられていた。ゴンスケは訳もわからず、泣きながら、

「やめて　やめて」

と繰り返している。

佐吉の心の中で、なにかがはじけ飛んだ。

「……なにやってんだ手前《てめえ》ら！」

叫ぶと同時に、佐吉は走りだしていた。

✤

春雄と雪が連絡をうけて病院へすっ飛んできたのは、もう夜の九時をまわっていた。もうすぐ夏が終わるのか、すこし半袖が、肌寒かった。

「ゴンスケ！」

診察室の前の廊下に飛びこんできた春雄は、固まった。雪は見た瞬間、ぼろぼろと涙を零《こぼ》しはじめた。

ゴンスケが額にガーゼを貼られ、目を閉じ笑いながら、看護婦さんに顔に書かれたイタズラ書きを、消してもらっていた。

二十五歳のゴンスケの、子供みたいにつるっとした顔には、マジックで、「バカ」「脳ミソ　ありません」「デキそこない」と書かれていた。ゴンスケが気配を感じ、目を開けた。

「春ちゃん！」

「ゴンスケ」

「最強ー！　みちなかびゃ町最強ー！　サブイボマスク、最強ー！」

診察室から、鼻にティッシュを詰め止血された佐吉が出てきた。ゴンスケを助けた代わりに、中学生にやられたのだ。

「ありがとうな、佐吉」

春雄が力なく礼を言うと、

「べつに……なんもしてね」

と、やはり肩を落とし、佐吉は帰っていった。

町長がゴンスケのお母さんの成美を連れてやってきた。

「ゴンスケ！」

「お母さん！」

ゴンスケはうれしそうに笑って、成美に抱き付いた。看護婦はゴンスケの頭を撫《な》でて、去っていった。春雄は、深く深く頭を下げた。

「ごめん、おばちゃん……俺のせいだ」

「なに言ってんの！　あんたのせいじゃない！　産んだアタシがずっと見れねぇんだから。春雄には感謝しかねぇよ。な、ゴンスケ？」

「感謝感謝」

ゴンスケは母の言葉を受け笑った。そしてつま先をあげ、背伸びしてうなだれる春雄の頭を撫でた。春雄はもう、限界だった。

「……父さん。俺にはもう、無理だ」

その場にいる誰もが、その言葉を受け止めた。春雄は、まるで憑《つ》き物《もの》をおとすように、力の抜けた微笑《ほほえ》みを浮かべ、町長を見た。

「町長、俺、もう唄うの止めるわ。もう大丈夫だよな、この町」

「あぁ。もう、大丈夫だ」

町長は最大限のねぎらいの表情を浮かべ、なんども頷いた。春雄は、なんだかとてもすっきりした。晴れやかな気持ちにさえなった。やはり自分にサブイボマスクは、荷が重すぎたのかもしれない、そう思った。そうしたら急に、またゴンスケといつもみたいに、町の大自然の中で遊びたくなった。

「よしゴンスケ!　明日から俺はしばらく夏休みだ。どこ行きたい?　川でも行くか?」

みんながすこし、へんな雰囲気になった。

「どうした?」春雄が訊くと、町長が重い口をひらいた。

「……ゴンスケはな、『太陽の家』という所に、行くことになったんだ」

「……ん？」

「ゴンスケのお母さんに前から頼まれててな。自閉症の子をきちんと受け入れてくれる施設をつくれないかってな。でもうちの財政じゃ、いや、どんなに予算あげてもらったとこで、そこまではできないんだ……そしたら県知事が、となり町に口利いてくれてな……入れることになったんだ」

「ごめんね春雄。春雄にはいちばんに言おうと思ってたんだけど。でもね、この子のためにはそれがいちばん良いの」

成美が涙を堪えながら必死に春雄を説得した。春雄は、なにがなんだかわからなかった。ゴンスケは自分の大事な話をされているのに、なにも気にせず、廊下の本棚に大好きな絵本を見つけて、すっ飛んで行った。

春雄はぼんやりと、走っていくゴンスケの背中を見つめた。

「良い施設よ。盆暮れ正月はね、ちゃんとこっちに帰って来れるし」

みなが、床に座りこみ絵本を読むゴンスケの姿を見つめた。

春雄はひきつった笑顔のまま、大声で怒鳴った。

「冗談じゃねーぞ！」

「春雄……」

「……俺だって、おばちゃんだっているじゃねーか！　おばちゃん働いてる間はよ！

俺がずっと面倒見るよ！　だから頼むよ！　頼むよおばちゃん！　施設なんて行かさないでくれよ！　頼むよ、おばちゃん！　ゴンスケはさ、ここにいなくちゃいけねーんだ！　いつもみんなと一緒にいなきゃいけねーんだ！　だから頼むよ！　頼むよおばちゃん！」

「春雄！」

町長が怒鳴りつけた。

大蔵は口を結び、春雄の目をしっかりと見つめた。

「ゴンスケが一人で生きていけないのは、おまえがいちばんわかってるだろ！　お母さんだっていつか亡くなる！　おまえもだ！　俺たちもだ！　おまえ明日死んだらどうする？　そんときゴンスケの面倒は誰が見れる？　おまえだっていつか結婚する。そんときはどうする。ゴンスケも一緒に暮らせる保証はどこにある！」

春雄は、泣きだしそうだった。大蔵は春雄の震える肩に手を置いた。

「春雄。安心しろ。良い場所だ。自然に囲まれて、同じような子たちが何十人もいて、みんな畑耕したりして働いてる。先生方も、みんないい人だ。いわば俺たちよりその道のプロだ。それに安全だ。誰にもこんな風に、危害くわえられることもねぇ。成美さんと何度も何度も太陽の家行ってきた。何度も先生方とも話した。わかるか？」

雪が、うつむいている。

「……知ってたのか？」

春雄はつぶやいた。雪が苦しげに、頷く。

「なーんだ。マジか……俺が唄って、ちょっと町が元気になって、県知事とも仲良くなって……ゴンスケも、幸せになんのか」

「そうだ」

町長が涙を我慢しながら頷いた。

「いつから？」

「……明後日」

おばちゃんが、やはり涙を浮かべ、答える。

急に、全身の力が抜けてしまった。そしたら、急に小便がしたくなってきた。

「……なんか肩の力抜けちゃったな。よしゴンスケ！　ションベンでも行くか！　最後にふたりで連れションだ！」

「やったー！」

ゴンスケが笑顔で立ちあがった。春雄はゴンスケと肩を組み、歩いて行った。

「春雄」心配した雪が後ろから声をかけた。春雄は笑って、

「便所どっちだっけ？」と答えた。

✤

後のことは、よく覚えていない。春雄はひたすらゴンスケを後ろに乗せ、自転車のペダルを漕《こ》いだ。ゴンスケは春雄がいつもより速く自転車で走るので、風がびゅんびゅん顔にあたって、それが面白くてキャッキャキャキャッキャ笑っている。

いつの間にか、おおきな川沿いの堤防道まで来てしまった。

春雄は、すごい勢いでペダルを漕ぎながら、おおきな声で後ろのゴンスケに叫んだ。

「そんなとこ行く必要ねぇ！　ずっとふたりで一緒に暮らすかー」

「やったー！」

「い……行ったことねぇとこ行ってみるか⁉　沖縄とか……ハワイとかよ！」

「はわいー！　はわいー！」

ゴンスケが、「お星さま！」と叫んで春雄の背中をなんども叩《たた》いた。きっと夜空を笑いながら見上げ、指さしているのだろう。

悲しくなってきた。たまらなく悲しくなってきた。春雄はその気持ちを振り落とすように、どんどんスピードをあげた。ゴンスケが、黙った。

買い物かごの中にサブイボマスクが見えた。春雄はマスクが憎らしく見えた。顔をクシャクシャに歪ませマスクを取ると、ペダルを漕ぎながらマスクを放り投げた。道の後方へと、サブイボマスクが転がっていく。

「サブイボ……サブイボ！　春ちゃん！　マスク！　マスク！」

ゴンスケが後ろで叫んでいる。春雄はスピードをあげる。あげる。秋の夜風がビュービューと音を鳴らし、ふたりに吹きつける。

「……こわい……こわい！」

ゴンスケが泣きながら春雄の背中にしがみついた。もう駄目だった。限界だった。春雄はワンワン泣いた。子供のように泣いた。世界が壊れるほど泣いた。そして懸命にタイヤを回し、スピードをあげた。父の代から乗り継いだ相棒が、ギィギィと悲鳴をあげはじめた。

前輪が勢いよくはずれた。春雄とゴンスケは地面に転がり落ちた。

「いたーい！　痛い、いたーい！」

膝を擦りむいたゴンスケが、赤子のように泣きはじめた。

春雄は顔面から地面へ転がり落ち、顔も手も足も、すべて傷だらけになった。泣いた。傷の痛みではなく、ゴンスケと離ればなれで暮らすことに泣いた。大事なものをなに一つ守れなかった自分を責めて泣いた。

「ウワー！　ウワー‼」

地面に寝そべり、胎児のように躰を丸めて泣く春雄に、ゴンスケが近づいてきた。ゴンスケは自分が痛いのに我慢して、

「いい子、いい子」

と春雄の頭を撫でつづけた。春雄は、力いっぱい、ゴンスケを抱きしめた。壊れるくらい、ぎゅっとぎゅっと、抱きしめて泣いた。

「ゴンスケ！」

——と、ゴンスケは困ったように宙を見つめた。星が浮かんでいた。そしてゆっくりと、春雄にむかって唄いはじめた。

「♪かけ……がえの、ない……ひとよ……あなたよ……わらって、いてー」

歌詞を必死になぞりながら、目を夜空にむけ、手は春雄の頭を撫でつづけ、ゴンスケは唄った。

春雄は、離れてしまうゴンスケを抱きしめながら、

「もう、サブイボマスクはいないいんだよ」

と言いきかせ、抱きしめつづけた。

明後日からは、ほんとうにサブイボマスクはいないのだ。ゴンスケが困ったとき、そこにいてやれないのだ。ゴンスケが橋の上で星が見たくなった夜も、春雄はそばにいてやれないのだ。

春雄は、一生分、泣きつづけた。

✤

ゴンスケの新たな旅立ちは、ゴンスケの好きな、道半町商店街から出発することになった。ゴンスケは集まってくれたたくさんの町の人たちに、まるでこれから遠足へ行くみたいに、「ばいばーい！」「ばいばーい！」と手を振り、挨拶をした。

母の成美は、何度もみなに頭を下げ礼を言った。春雄だけ、来なかった。

ミツワは、道半揚げをゴンスケに渡した。町長はたべきれないくらいのお饅頭を、ゴンスケの両手いっぱいに持たせた。傑作だったのは虎二で、いまにも泣きだしそうな顔をしながら被《かぶ》っていたカツラを取ると、

「……ゴンスケ、おまえがいちばん好きなサーファーカットのカツラ。あげる」

と、涙を浮かべゴンスケの手に渡した。

と一斉に「いらないだろそれは！」と怒られ、またいそいそとカツラを被り直し、引きつりながら笑顔を浮かべた。

ゴンスケは笑いながら、商店街の真ん中を眺めた。春雄を探した。でももう、行かなければいけない時間になり、ゴンスケは車の後部座席に乗った。雪も町の代表として、

助手席へ座った。ゴンスケは窓をあけ、顔を全部そこから出して、

「ばいばーい！　ばいばーい！」

　と、みなに笑顔のまま手を振り、行ってしまった。とりのこされた一同は、おおきな憔悴《しょうすい》をかんじながら、それぞれの場所へと無言でもどっていった。


　その日の夕方。雪は花丸商店へむかった。前掛けをした春雄がレジの中に立っている。

「ゴンスケ、無事行ったよ。さっき」

「そうか」

　知ってるくせに、と雪は思った。春雄のことだ。どうせ一人で、道半橋の上から、山の裾野を走るゴンスケを乗せた赤い自動車を、見えなくなるまで、見送っていたはずだ。

　春雄は馬鹿みたいに、「俺、ぜんぜん平気すけど？　なにか？」みたいな薄笑いを浮かべている。でも目は真っ赤に腫れていて、おまえどんだけ泣いたんだよと、雪は突っこんでやりたくなった。

「ゴンスケ、泣かなかったよ。ちょっと施設入るときは、ドギマギしてたけど」

「あいつは新しい場所苦手だからな。でもすぐ慣れる」

「うん。最後、バイバイするときは笑ってた」

「だろ……そうか」

雪は仕方がないのでたべたくもない、一体いつからここに置かれているかわからぬ、謎のお菓子を木でできたレジの上に置いた。

「唄わないの？」

雪が訊くと、昭和のレジを小気味よくタイプして、「チーン」と音を鳴らし、「はい、五百万円ー」と、春雄はつまらない冗談を言って、一人で笑った。

月日がたち、秋になった。

田んぼは色を変え、季節を町のみんなに伝えた。

結局、あのライブ以降、サブイボマスクは一度もステージに上がらなかった。

三丁目のカラオケ好きな爺《じい》さんから借りたスピーカーとマイクは、ちょうど春雄がミカン箱の上で唄いつづけた場所の横にある、旧床屋の跡地に、置かせてもらった。

徐々に、「サブイボマスクの次のライブ、いつですか？」という役所への問い合わせの電話も減っていった。最初こそネットの住民たちも、

〈どうした、サブイボ〉

〈熱いの、ください〉

〈ワイ　もうサブイボマスクの　禁断症状でてます〉

〈ウザさも、あそこまでいけば　クセになってたのに〉

〈唄えよ　サブイボ〉
〈唄え　サブイボ〉
〈おまえがいなきゃ　駄目だ〉
〈俺　サブイボに励まされてた事実　驚愕〉
〈はじまりの唄〉
〈かけがえのない人〉
〈唄え　唄え〉
〈もしや新曲　つくってんのか?〉
〈もしや!　プロデビューの準備!?〉
……と、サブイボマスクを待ちわびる声がわんさか書きこまれていた。が、やがてそれも自然に消えていった。雪が最後に見た書き込みは、
〈大丈夫ですよ　帰ってきますよ、きっと『がんばれー』って誰かに叫びながらそれまでののんびりカフェで働いてまーす　最強(笑)〉
と書かれた、あの、最初にニコニコ動画にサブイボマスクの動画をアップしてくれた、「一人さん」こと、サブイボマスクファン第一号さんからの書き込みだった。
雪はなんだか最後まで気持ちをわかってくれたのは、この「一人さん」だったなと、見知らぬ一人さんに、会いたくなってしまった。

商店街に、町中の人が集まった。

雪は、来月からパン屋さんで働けることが決まった。数年ぶりにシャッターを開けることにした、いかにも田舎にありそうな素朴な店だ。お給料はもちろん安いけど、まず、この町に根を張り、娘と生きてゆくスタートはきれた。はじめられた。

雪は商店街にわんさか笑顔で集まった町の住民をしり目に、まだ改装中のパン屋のガラス窓を、ぼーっと見つめていた。

町長と、役所の三人衆が立っている。

その前に、まるで餌を投げてもらえるのを待つ、平和な鳩みたいな顔をした町民が列をなしていた。役所の人間がエヘン！　と大袈裟《おおげさ》な咳払《せきばら》いをして、口をひらく。

「えー、みなさん、お耳に入っておられる方もいるかも知れませんが、正式に。ま、これは町長から」

こんどは町長が緊張して目をシバシバさせながら、ちいさく咳払いして話しはじめた。

「……今日、県の方から正式に連絡がありまして、来年度から道半町の予算が……五倍ほど増えることとなりました。ダムにも、なりません！」

餌を待ちわびた鳩たちが、一斉に羽を広げ大声でヨッシャー！　と叫びだした。

「みなさん！　県知事さんも、大変この町気に入って期待してくれてます。この商店街も、『地元に根付いた店作りして下さい』って。だからみなさん、がんばって下さい。いつも微力で申し訳ねーけど」

喜び、ハイタッチをしあう町の人たちに、町長は深々と、こうべを垂れた。

虎二がGIカットのカツラを取り、

「誰か嫁に来ーい！　俺の死んだ芝生を、愛せーー！」

と叫び笑いをとった。町中がキャッキャッキャと笑いあった。口々に、「もう一度がんばるか！」「俺も店開けるわ！」と、前向きな話で盛り上がっている。

雪にはもう、限界だった。

「ふざけんな！　誰のおかげよ！」

雪は迷いなく、獅子《しし》のように叫んだ。みなが雪を注視した。

「……誰のおかげでそんな笑えるようになったの？　……忘れたか？　馬鹿みてぇにマスク被って唄ってた男のおかげだ！」

みな、押し黙った。

「それが成功したらみんなのおかげ……嫌なことあったら全部春雄のせい……あんたらそれでも人間か！」

「なに言ってんだ、あいつだって、ほら色々と、なあ？」

ヘソのまがっていそうな中年が、顔をしかめ周りを見回し、同調者を探した。雪は、洗いざらいこいつらに話してやらないと気が済まなくなった。

「県知事が予算アップ決めたのはね、春雄のおかげなのよ！　あの日のライブ！　県知事はこの町の盛り上がり確認しに来てたの！　予算を増やすの、ほかの町と迷っててね！」

町のみんなが顔を見合わせた。ミツワがあわてて町長に「ほんとうか？」と訊いた。町長は寂しそうに、頷いた。

平和な鳩の顔が、くすんできた。ようやく誰のおかげで町がダムにならずに済んだのか、思いだしてきたようだ。雪は、こんな奴らのために、春雄が毎日躰をすり減らし、心をすり減らしてきたのかと思うと、ぼろぼろと泣けてきた。自分にも、こいつらにも、春雄とゴンスケ以外の人間が、全員憎らしくなってきた。

「春雄が……怪我《けが》したコマメ婆さん心配じゃなかったと思うか！　ライブの前も！　ちゃんとお見舞い行ってたよ！　『絶対この町良い町にするから……退院したらもっとむかしみてぇに愉しい町にするから……だから今日、唄わせて下さい』って……頭下げて謝ってたよ！　それをあんたらあんな風に……最低だ！　最低の人間だ！　わたしはあいつみたいに良い人間じゃないから幾らでも言ってやる！　誰のおかげか思いだせ！　いっつもあんたたちのことばっかり考えてた、春雄のおかげだろうが。春雄のおかげだろうが！」

みなはもうなにも言えなかった。

雪は悔しくて悔しくて、春雄だけなにもなくなってしまったことが悔しくて、切れ長の瞳からぼろぼろと涙が零れた。またこの町の川がおおきくなりそうなほど、勝手に涙が止まるまで、泣いてやった。みんな、馬鹿やろうだ。自分を含めて。そう思いながら、鼻をすすった。

✤

「いらっしゃーい」

春雄は今日もそれなりに元気に、みんなのコンビニ花丸商店のレジで働いていた。店に入ってきたのはレインボーヘアーを持つ女、早苗だったが、なにかが違った。髪を黒髪にしていた。相変わらずガムをくちゃくちゃと嚙みながら、キラ
ラの手を引き、春雄にガンを飛ばしたまま、レジにガンガン、ガムを置いていく。

「下手な唄、辞めたんだ」

目玉が飛びだしそうなほど目を見開き、乱暴に訊いてくる。

「おう、辞めたぞ」

春雄は微笑み、答えてやった。そうしたら挑発に乗ってこないのが腹が立つのか、ま

た十個ほどガムを乱暴に摑むと、レジの上にガン！　と置いた。そして、横に立つキララを指さし、

「こいつは将来倖田來未みてーになりてぇって言うからよ、いつも言ってんだ。あのサブイボみてーになりたくなかったら、ちゃんとボイトレ行けって、ボイトレ」

春雄は気の抜けたような苦笑いをし、

「ほんとに行っときな。基礎は大事」とキララの頭を撫でてやった。

「あーん！」

なにが気に食わないのか、早苗がアントニオ猪木みたいに顎をだし、顔を斜めにして睨んできた。もう、はやく帰ってくれないかなと、春雄は思った。なのにまた早苗はガムを十個ほどレジに置くと、

「……ま、あれだな。おまえ言ってたの違うな。笑っても唄ってもなにも変わんねーけど……でもおまえに影響された訳じゃねーけど、来年から商店街に店増えるらしいから、働くことにしたけど」

と、突如自分の就職活動の成果を話しはじめた。春雄はそれはほんとうに良かったと思い、「よかったじゃん」とやさしく微笑んだ。なのにまた早苗はさらに顎を突きだし、「あぁん！　ま、ボイトレ代くらい稼がなきゃいけねぇからよ、適当にやるよ、ファック野郎！」とレジの上に置いた三十個ほどのガムをキララのフードに入れると、がに股

で、店を出ていった。

　店の前では、早苗が口をへの字に曲げていた。

「チッ、想いを伝える学がねぇ……ファック」

　早苗はつぶやくと、顔に似合わぬ乙女のような表情をして、あたらしいガムを口に放りこんだ。キララが呆《あき》れて、

「大人って面倒くさいね。好きなら好きって、言えば良いのに」と母に言った。

「あ？」

「だってママ、最近トランクスみたいなパンツやめて、三角のパンティーまた穿《は》きだしたじゃん。ん？　あれ？」

　キララは、急に道の先にむかって目を細め、見つめた。

「は！　はぁ!?　そ、それはただ、なんかトランクスだとおまたがスースーして……とにかくあたし、アイツのこと好きじゃねーし！　うぉ！　えぇ!?」

　早苗もキララの見る方角を見て、目を見開いた。と、後ろから春雄が出てきた。

「おい、おまえ、金払ってねぇぞ」

「そんな場合じゃねぇ！　いや、なんだよ！　なにわたしの顔ジロジロ見てんだよ！　あ、あたし、全然おめーのこと好きじゃねーからな！」

その瞬間、早苗の携帯が鳴った。

♪今　始まりの時だ　急いで準備を
　流れる汗と涙　光れ　光れ

……サブイボマスクの、着うただった。早苗は春雄を見つめたまま、口をパクパクと開けては閉じた。早苗は鳴りやまぬサブイボマスクの着うたに動揺しながら、

「これは！　キララがどうしてもって……ウオリャ！」

と言うや否や、携帯電話を自分の膝で叩き割った。

「ほんと病院行くか、おまえ」

「違う！　そんな場合じゃねぇんだ！　あれ！」

早苗があわてて遠くを指さした。春雄はボーッと、その方角を見た。

サブイボマスクがいた。サブイボマスクが、空き家になっている民家の塀から飛び降りてきた。そしてサブイボマスクが、春雄に気付いた。

春雄は、手を挙げた。

サブイボマスクも、手を挙げた。

しばし、見つめ合った。サブイボマスクの彼は、どこでどうつくったのか、本物そっ

くりのサブイボマスクを被っていた。サブイボTシャツを着て、ジーパンを穿いていた。警察署で観た動画の中の、サブイボマスクだった。

偽サブイボマスクが、ゆっくりと歩きだした。

春雄もゆっくり、歩きだした。

やいなや、偽サブイボマスクが全力で走って逃げた。春雄もゆっくりと助走し、一目散であとを追い走った。

早苗があわてふためき、「キララ！　あれだあれ！　えー、ピーポーピーポー！」と両手でパトカーのランプが回るジェスチャーをした。

子供はいつだって、冷静だ。

「ママ、携帯折れてるよ」

早苗は道半町商店街に届くほどおおきな声で、「ファーック！」と叫び、次生まれ変わったら高校くらいは行っておこうと、固く誓った。

✤

いままさにサブイボマスクが偽サブイボマスクを追っているのも知らずに、刑事の屋代は、「なんで最近この町は、急に面倒くさい奴が増えたのだろう？」と考えていた。

考えていた原因は、阿呆《あほ》の佐吉だった。

佐吉は三十分前に、急に警察署に現れた。

「オレがサブイボマスクのふりをして、空き巣も放火も全部やった。だからこの町に流れるサブイボマスクの変な噂を、警察が否定しろ」

と、くぐもった声で自首してきた。声がくぐもっている原因は、佐吉の顔にあった。白い包帯で顔をぐるぐる巻きにし、目の部分は赤く塗り、頭頂部には段ボール紙でつくったトサカを付けていた。おでこには、

「わたしが、ニセサブイボマスクです」

とマジックで書かれていた。屋代は、佐吉がはやく帰ってくれないかなと思っていた。

「おい刑事。サブイボマスクは犯人じゃねえ。いまなら盗んだバイクの罪も償ってやる。だから早く俺を逮捕しろ」

屋代は呆れ、口を半開きにしたまま、言ってやった。

「佐吉、なにそんな格好で格好つけてんだよ。そんな嘘言っても、春雄は喜ばねぇぞ」

「ん？　なんで春雄の名前が出てくんだよ？」

「だってあいつが、サブイボマスクじゃねーか」

「……えーー!?」

スピーカーから緊急指令が聞こえてきた。

「偽サブイボマスクが放火の後、西に逃走中逃走中」

屋代や警官がダッシュして、デカ部屋を出ていった。佐吉は顔に巻いた包帯に指で隙間を開けてみて、デカ部屋を眺めた。もう、自分以外、誰一人いなかった。

「尾崎豊は、いまのオレより、孤独だったのだろうか?」佐吉は腕を組み、考えてみた。

春雄は、逃げる偽サブイボマスクの背中を、追いつづけた。

商店街では、みなが足りない欠片《かけら》を集めようとしていた。

ミツワは春雄のことを考え、店の前に出したフライヤーの中のコロッケを焦がしていた。そのときだった。

「焦げてるよ、あんた」

声が聞こえた。パイプ椅子の上で眠っていた妻が、薄目を開けて笑っていた。

「恵美子」

「よくも豚豚、言ってくれてたわね」

ミツワは太った妻を見つめた。

「美容院、そろそろ行かなきゃね」

笑った妻を、ミツワは全力で抱きしめた。

虎二は、店内に置かれたサブイボTシャツを、見つめた。

雪は、いつかみんなで撮った、笑っている集合写真を、見つめていた。

春雄は走った。

全速力で走った。

あの日以来、ゴンスケを抱きしめ泣いた日以来、久しぶりにこの躰に、血が駆け巡るのを感じた。

何週間ぶりに――道半町商店街のアーケードが見えてきた。偽サブイボマスクが商店街へ走って逃げていった。春雄は距離を詰め、その背中に飛びこんだ。

「ガシャガシャガシャン！」

その物音で、商店街中の人々が振り返った。サブイボマスクが、閉じたシャッターに激突し、のたうちまわっている。そして脇には、サブイボマスクの足首を摑んで離さない――春雄がいる。

「春雄!?」

みながみな、この光景を疑った。春雄が、サブイボマスクと闘っているのだ。雪も、町長も、虎二もミツワも、町の中年も老人もみな集まってきた。

春雄がサブイボマスクの躰の上にまたがった。春雄は、一気にそのマスクを剝ぎ取った。ハァ、ハァ、と息を切らし春雄を睨むその男は——長ネギくんだった。

あの、町対抗・ゆるキャラ県予選でともに闘った……となり町の役所で働く、長ネギくんだった。

「ハハハハハ！　なにびっくりしてんだよ。ったくおまえが余計なマスクになるからさぁ、うちの町長がすげーあおるわけよ。『道半町に予算取られんな』って。あの息クサ貧乏不倫町長がよ！」

町の人々が信じられない表情で、男を見ている。

「でもおまえさー、勘違いしてんだよ！　ほんとうの町おこしはさ、年寄り全員消しちゃえばいいんだよ。シューって！　シューってよ！」

春雄は黙って、瞳孔が開いた長ネギくんを見下ろした。

「だってよ！　建設的に考えてみろよ！　年寄りがいなくなればさ……国も県もお金かかんないわけじゃん？　あいつらがいるから、俺たち若者が苦労するわけじゃん！　違う？　おかしいかな？　冗談じゃねーよ！　俺だって一生懸命やってんだよ！　なのになんで評価してくんねーんだよ！　俺はがんばってんだ！　がんばってんだ！」

男は勝手な言い分を言い散らしながら、目を血ばしらせた。

春雄の唇が震えた。

「ふざけんな！　必死で生きてる人間傷つけんな！」

春雄が男の胸倉を摑みあげ、叫んだ。

「手前《てめえ》が言ってる老人は！　俺たち育ててくれたんだ！　俺たちだっていずれ歳取って……どうにか生きてくんだ！」

みな、その声を聞いた。

「……生まれた町で、良い思い出も悲しい思い出も色々抱えて、また町にもどってくる奴もいれば、もどれない奴もいて……それでもみんな必死に生きてくんだ！　そんな人たちの人生を、おまえが壊す権利ねーんだ！」

春雄が右の拳を振りあげ、男の顔面に振り落とそうとした瞬間——

春雄の耳に、亡き父の声が聞こえた。

——みんなに優しく——

春雄の脳内に、父の声が響く。

——春雄　みんなに優しく
——みんなを笑顔にする人間が　最強
「父さん……」

と、いつかの父の言葉が、春雄の心に蘇《よみがえ》った。

——春雄、人を笑顔にさせるのは、なかなか大変だぞ？

——どんなに苦しくても、辛《つら》いことがあっても、まず自分が笑顔でなくちゃ、みんな

は笑わない
——できるか？　春雄

春雄は振り落とそうとした右の拳を、ゆっくりと下ろした。刑事がやってきて、暴れ抵抗する長ネギくんを両脇から抱えこみ、立ちあがらせ連行していった。

町のみんなが、嫌悪の表情で長ネギくんを見つめる。長ネギくんは訳のわからぬ奇声をあげ、いる人間、いる人間、全員を蹴り飛ばそうと足を伸ばす。

みなが冷ややかに、異物であるこの男を見た。

春雄は、長ネギくんの背中を見つめた。

春雄が歩きだす。

と、後ろから、強く強く、男を抱きしめた。

「なんだよ！　……なんだよ！」

必死に春雄を振りほどこうとする。春雄はギュッと上腕に力をこめ男をつつみこむと、背中からつぶやいた。

「……負けるな」

男が、ビクッと背中を震わせた。

「負けるな……」

「なに言ってんだ、手前……」

「負けるな。いつか罪償ったら、またこの町に来い。一緒に……正拳突きしようぜ」

「離せ！　離せよ！」

必死に躰を左右に揺らす。でも春雄は負けない。

「……大丈夫だ。大丈夫だ」

つぶやいた。

長ネギくんが、振り返った。春雄は怒りを必死に堪えながら、笑っていた。

男は、まっすぐなその目に、吸いこまれた。春雄が両足に力をこめ、地面を踏みしめながら瞬きもせず、男をグッと見つめた。

「笑えば明日がやってくるさ……こんにちは。サブイボマスクだ」

なぜだろう？　なぜだかわからないが、男の目から涙が零れた。泣きながら、ずっと振り返り春雄を睨んだまま、しばし春雄を見つめた。春雄はずっと笑いつづけていた。

そして男は、パトカーへと乗せられ去っていった。

春雄の背中が、静かに肩で呼吸し、揺れている。

町の誰かが、つぶやいた。

「……サブイボマスクの背中だ」

古い町民は、その背中に、この町を救った春雄の父、初代サブイボマスクの背中を見た。春雄が振り向いた。

そのとき、町のみんなはしっかりとその目で見た。

春雄の横に、春雄の父、茂雄が立っているのを。

茂雄はみなをひとりひとり見つめ、やさしく笑うと、勇気づけるように頷き、やがてすーっと、消えていった。

「……春雄」

雪が、つぶやく。

と、みながなにかに振り向いた。遠くで、かすかな唄声が聞こえた。

その声は、商店街の中ほどから聞こえてきた。とても不器用で、聞き取れない唄声。

春雄は、その方向へ歩をすすめた。

ミカン箱の上に、ちいさなシルエットが見えた。

ゴンスケが、泥だらけのサブイボマスクを被って立っていた。

躰中にマイクのコードを巻き付けて、マイクを口にくわえながら、ゴンスケはなにかを口ずさんでいた。

みな、導かれるように歩きだした。

「……ゴンスケ」

春雄が目を閉じているゴンスケの前に立つ。

「いま　はじまりのときだぁ　いそいでじゅんびおー　なが……れる」

ゴンスケは目を閉じたまま、唄を唄っていた。そして春雄の気配を感じ、口角をあげうれしそうに口をひらいた。

「こんにちわ。サブイボマスクです」

春雄はただただ、マスクを被ったゴンスケを見つめた。

「君が、笑えば……悲しい、誰かも？　きっと……し、幸せ？　アハハハハハ」

「なんで来ちゃったんだ……マスク、拾ってきたのか？」

ゴンスケが頷く。

「もうサブイボマスクはいないって、俺が言ったから？」

ゴンスケは照れたように笑うと、不器用な手先でマスクを脱ぎはじめた。ゴンスケが、待ちに待った瞬間のように、パッ！　とマスクを脱ぎ、目を見開いた。

「春ちゃーん！　やったー！」

もう、春雄はただただ泣いた。町長が、横に来た。雪もみんな、そばに来た。町中の人が春雄のまわりに集まった。春雄は、ワンワンワンワン、子供みたいに泣きながら、町長に詫びた。

「俺……俺……父さんとも約束して……絶対に泣かないって誓ったのに……トメ婆にも誓ったのに……いっつも泣いちゃうんだよ！　ゴンスケ見送ったときも！　本当はトメ

婆死んだときも！　コマメ婆入院したときも！　雪が帰ってきたときも、虎二さんがTシャツ作ってくれたときも！　みんなが店開けてくれたときも！　とにかくいつも……いっつも本当は泣いちゃうんだよ！　いっつも！　ごめん！」

町長が、笑う。

「春雄、おまえの父ちゃんも泣き虫だったぞ。おまえの母さんが亡くなって、『俺はもう絶対に泣かない！』って言ったのに、町でうれしいことがありゃ泣き、町で悲しいことがありゃ泣き、誰かが幸せになりゃまた泣き、よく泣いてたわ。ま、とにかく、よく泣いてよく笑う男じゃゃった」

「え？」

春雄が、鳩が豆鉄砲をくらったように、目をまん丸くした。大蔵が笑う。

「だから、俺たちはそのマスクに、真っ赤に燃えたその目の下に、青く流れる涙の川をつくったんじゃねーか」

「あ」春雄は、マスクをよく見てみた。雪が笑った。

サブイボマスクは、うれしそうに、泣いていた。

エピローグ

【おわりの唄】

あの日脱走してきたゴンスケのための、特別ライブだった。原点にもどり、ミカン箱一つの上に乗り、初心に帰ったマメカラで、思う存分、ゴンスケが飽きるまで、〈サブイボマスク特別リサイタル〜一瞬おかえりゴンスケくん！　でももう、勝手に脱走しちゃだめよ　Voltage 1〉と名付けて、緊急特別ライブを行った。ゴンスケを最前列ど真ん中の席に座らせ、あわててすっ飛んできたゴンスケの母ちゃんもその横に座らせ、あとはこの道半町の観客だけを相手に、もうみんな笑ってリクエストしてくるもんだから、この喉嗄《か》れるまで、サブイボマスクの持ち歌から浪曲まで、唄いつづけてやった。

そして年を越し、道半町商店街は、以前にはなかったお店もできたり、ほかの土地からやってきて店を開く人もいたり、相変わらず虎二さんは嫁が見つかりそうもなかったけど、みな、それなりにちゃんと暮らし、前よりそれなりに、笑ってたりした。

シングルマザーの早苗は、商店街でファック揚げという出店をだした。肉屋のミツワで働かせて貰《もら》っていたのに、揚げ物のスキルを学んだ瞬間に独立し、ミツワのおじちゃんの斜め前で出店をだしたもんだから、毎日大喧嘩《おおげんか》だ。でもミツワのおじちゃんと早苗の口喧嘩は商店街の名物となり、いまじゃ老人たちのかっこうの愉しみとなっている。

佐吉はまた特攻服を着はじめた。商店街の掲示板に、「ストリートセンター　団員募集　一緒にあの境界線の向こうへ行ってみねーか」と書かれた紙が貼られていた。一年たってもメンバーが増えなかったら、そのときポロシャツを着るかどうか考える、そう言っていた。あと、早苗がウィンクしてきたりするのがすこし怖いらしい。

キララと花の小学生コンビは、ユニットを組んだ。二つ並べたミカン箱の上で、なかなかブリブリな衣装なんか着て、マメカラで唄い小学生男子を夢中にさせている。


そんなことを思いだしながら、なんとか直した自転車の後ろに、あーでもない、こーでもないと今日あった出来事を話す雪を乗せながら、春雄は道半橋を渡った。雪は、「もう、唄わないの？」と訊いてきたけど、なに、この町はもう大丈夫な気がした。だけど、いつかどこかから呼ばれる気がして、見知らぬ町の誰かに呼ばれる気がして、いつも自転車の前の籠には念のため、サブイボマスクを入れてある。

だって俺は、笑顔を伝染させる謎のシンガー、サブイボマスクだから。

最強。

本書は、集英社文庫のために書き下ろされた作品です。

作中で以下の楽曲の歌詞を使用いたしました。

『春雄の唄』　サブイボマスク（ドリーミュージック・）
作詞・作曲：甚平春雄／田中隼人　　編曲：田中隼人

『かけがえのない人』　サブイボマスク（ドリーミュージック・）
作詞・作曲：甚平春雄／川村結花　　編曲：soundbreakers

※『春雄の唄』は作中『はじまりの唄』として掲載いたしました。

JASRAC 出 1605070-601

集英社文庫　目録（日本文学）

集英社文庫　目録（日本文学）

姫野カオルコ　ひと呼んでミツコ
姫野カオルコ　サ　イ　ケ　すべての女は痩せすぎである
姫野カオルコ　よ る ね こ
姫野カオルコ　ブスのくせに！　最終決定版
姫野カオルコ　結婚は人生の墓場か？
平岩弓枝　釣　女　花房一平捕物夜話
平岩弓枝　女　櫛　花房一平捕物夜話
平岩弓枝　女のそろばん
平岩弓枝　女と味噌汁
平松恵美子　ひまわりと子犬の7日間
平松洋子　野蛮な読書
平山夢明　他人事《ひとごと》
平山夢明　暗くて静かでロックな娘
ひろさちや　現代版　福の神入門
ひろさちや　ひろさちやの　ゆうゆう人生論

広瀬和生　この落語家を聴け！
広瀬　隆　東京に原発を！
広瀬　隆　赤い楯　全四巻
広瀬　隆　恐怖の放射性廃棄物　プルトニウム時代の終り
広瀬　正　マイナス・ゼロ
広瀬　正　ツ　イ　ス
広瀬　正　エ　ロ　ス
広瀬　正　鏡の国のアリス
広瀬　正　T型フォード殺人事件
広瀬　正　タイムマシンのつくり方
広谷鏡子　シャッター通りに陽が昇る
広中平祐　生きること学ぶこと
アーサー・ビナード　出世ミミズ
アーサー・ビナード　空からきた魚
深田祐介　翼の時代　フカダ青年の戦後と恋
深町秋生　バッドカンパニー

福田和代　怪　物
福本清三／小田豊二　どこかで誰かが見ていてくれる　日本一の斬られ役　福本清三
藤田宜永　は な か げ
藤野可織　パトロネ
藤本ひとみ　快楽の伏流
藤本ひとみ　離婚まで
藤本ひとみ　令嬢テレジアと華麗なる愛人たち
藤本ひとみ　ブルボンの封印(上)(下)
藤本ひとみ　ダ・ヴィンチの愛人
藤本ひとみ　マリー・アントワネットの恋人
藤本ひとみ　令嬢たちの世にも恐ろしい物語
藤本ひとみ　皇后ジョゼフィーヌの恋
藤原章生　絵はがきにされた少年
藤原新也　全東洋街道(上)(下)
藤原新也　ア メ リ カ
藤原新也　ディングルの入江

集英社文庫 目録（日本文学）

藤原美子　我が家の流儀　藤原家の闘う子育て
藤原美子　家族の流儀　藤原家の褒める子育て
船戸与一　猛《たけ》き箱舟(上)(下)
船戸与一　炎　流れる彼方
船戸与一　虹の谷の五月(上)(下)
船戸与一　降臨の群れ(上)(下)
船戸与一　河畔《かはん》に標《しるべ》なく
船戸与一　夢は荒れ地を
船戸与一　蝶舞う館
古川日出男　サウンドトラック(上)(下)
古川日出男　gift
辺見庸　水の透視画法
保坂展人　いじめの光景
星野智幸　ファンタジスタ
星野博美　島へ免許を取りに行く
細谷正充・編　誠の旗がゆく　新選組傑作選

細谷正充・編　江戸の爆笑力　時代小説傑作選
細谷正充　宮本武蔵の『五輪書』が面白いほどわかる本
細谷正充・編　くノ一、百華　時代小説アンソロジー
細谷正充・編　野辺に朽ちぬとも　吉田松陰と松下村塾の男たち
堀田善衛　若き日の詩人たちの肖像（上・下）
堀田善衛　めぐりあいし人びと
堀田善衛　ミシェル城館の人　第一部　争乱の時代
堀田善衛　ミシェル城館の人　第二部　自然 理性 運命
堀田善衛　ミシェル城館の人　第三部　精神の祝祭
堀田善衛　ラ・ロシュフーコー公爵傳説
堀田善衛　上海にて
堀田善衛　ゴヤ Ⅰ　スペイン・光と影
堀田善衛　ゴヤ Ⅱ　マドリード・砂漠と緑
堀田善衛　ゴヤ Ⅲ　巨人の影に
堀田善衛　ゴヤ Ⅳ　運命・黒い絵
穂村弘　本当はちがうんだ日記

堀辰雄　風立ちぬ
堀江貴文　徹底抗戦
堀江敏幸　なずな
本上まなみ　めがね日和
本多孝好　MOMENT
本多孝好　正義のミカタ　I'm a loser
本多孝好　WILL
本多孝好　MEMORY
本多孝好　ストレイヤーズ・クロニクル　ACT-1
本多孝好　ストレイヤーズ・クロニクル　ACT-2
本多孝好　ストレイヤーズ・クロニクル　ACT-3
誉田哲也　あなたが愛した記憶
本多有香　犬と、走る
本間洋平　家族ゲーム
前川奈緒 深谷かほる・原作　ハガネの女
槇村さとる　イマジン・ノート

S 集英社文庫

小説版《しょうせつばん》　サブイボマスク

2016年5月25日　第1刷　　　定価はカバーに表示してあります。

著　者　一雫《ひとしずく》ライオン

発行者　村田登志江

発行所　株式会社 集英社
東京都千代田区一ツ橋2-5-10　〒101-8050
電話　【編集部】03-3230-6095
【読者係】03-3230-6080
【販売部】03-3230-6393(書店専用)

印　刷　図書印刷株式会社

製　本　図書印刷株式会社

フォーマットデザイン　アリヤマデザインストア　　　マークデザイン　居山浩二

ISBN978-4-08-745448-2 C0193